RULER of the TIME

시간의 주인

한종인 장편 소설

시간의 주인 2

한종인 장편 소설

초판 1쇄 찍은 날 § 2013년 3월 15일
초판 1쇄 펴낸 날 § 2013년 3월 22일

지은이 § 한종인
펴낸이 § 서경석

편집부장 § 권태완
편집책임 § 박우진
편집 § 박가연

펴낸곳 § 도서출판 청어람
등록번호 § 제1081-1-89호
등록일자 § 1999. 5. 31
어람번호 § 제1-1562호

주소 § 경기도 부천시 원미구 심곡2동 163-2 서경B/D 3F (우) 420-822
전화 § 032-656-4452 팩스 § 032-656-4453
http://www.chungeoram.com
E-mail § chungeorambook@daum.net

ISBN 978-89-251-3214-3 04810
ISBN 978-89-251-3212-9 (세트)

RULER of the TIME

한종인 장편 소설

FUSION FANTASY STORY

시간의 주인

시간 마법 레벨 3

도서출판 청어람

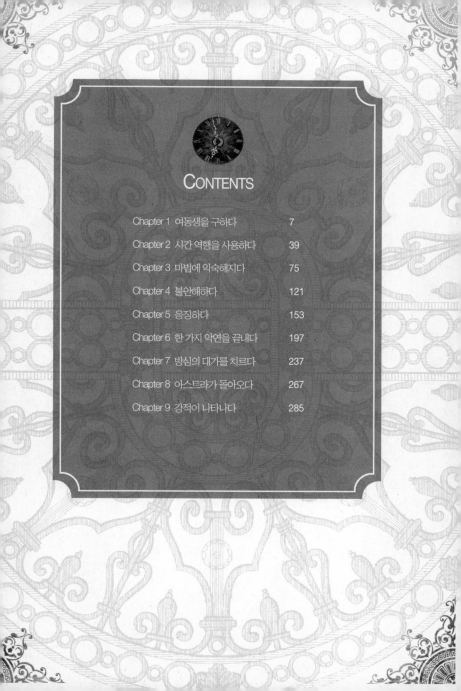

CONTENTS

제1장
여동생을 구하다

성찬은 시간을 멈추고 달리기를 반복하면서 빈 택시를 찾았다.

　　그 흔하던 택시들이 죄다 어디로 갔는지 한 대도 보이지 않았다. 그렇다고 타고 있는 승객을 끌어내리고 탈 수도 없는 일이었다.

　　어쩌면, 조금만 더 시간이 지체됐다면 그런 일을 저질렀을지도 모른다.

　　그러다 마침내 빈 택시 한 대를 발견했다.

　　'찾았다!'

기름이 다 떨어져 가는 차를 몰던 중에 주유소가 나타난 것보다 백배는 반가웠다.

그는 즉시 택시로 달려가 문을 열고 뒷좌석에 앉았다. 이어서 시간 정지를 해제하자마자 외쳤다.

"S대 병원으로 가주세요. 최대한 빨리요."

택시 기사가 화들짝 놀랐다.

"어이쿠, 깜짝이야! 손님, 언제 타셨어요?"

그의 입장에서는 성찬이 갑자기 차 안에 나타난 것처럼 느껴질 것이다.

성찬은 급한 마음에 대충 둘러댔다.

"방금 들어와서 탔는데, 너무 더워서 그런지 기사님께서 제가 들어온 것도 모르고 멍하니 계시더라고요."

"제가 그랬나요? 하긴, 오늘 날씨가 비정상적이긴 해요. 아침부터……."

기사의 말이 길어질 기미가 보이자 성찬이 서둘러 가로막았다.

그는 본래 연장자의 말을 막을 정도로 예의 없진 않았으나 지금은 택시 기사와 한가롭게 대화를 나눌 상황도, 예의를 차릴 상황도 아니었다.

"저기, 죄송하지만 빨리 가주세요. 저도 지금 동생이 열사병으로 쓰러져서 병원 응급실에 있다는 연락을 받고 가는 길

이거든요."

"아! 그러셨군요. 알겠습니다. S대 병원이라고 하셨죠? 응급실로 가면 됩니까?"

"네."

택시 기사가 즉시 액셀러레이터를 밟았다.

달리는 택시 옆으로 구급차와 순찰차가 연신 사이렌을 울리며 지나갔다.

병원으로 향하는 도중에도 길 곳곳에 쓰러진 사람들이 보였다. 기사는 그 광경을 보며 혀를 찼다.

"쯧쯧. 저런…… 큰일이네. 오늘 날씨가 사람 여럿 잡겠네."

성찬은 아버지와 성주도 저런 식으로 쓰러졌을 거라고 생각하니 속이 바짝바짝 탔다.

시간 정지를 한꺼번에 한 시간 정도 쓸 수 있게 레벨을 올려두지 않은 게 후회스러워 죽을 지경이었다.

'이번 일만 무사히 지나가면 죽도록 수련한다. 진짜로!'

사실 그건 시간 마법을 쓰기 시작한 지 얼마 되지도 않은 그에게는 불가능한 일이었다.

그래도 이 순간, 자신이 무력하게 느껴지는 것만큼은 어쩔 수가 없었다. 아무리 시간을 멈추게 할 수 있는 절대자라 해도.

'젠장. 성주야. 제발 무사해라. 아버지도요.'

얼마 후, 영원히 달릴 것만 같던 택시가 병원 정문 근처에 멈춰 섰다.

성찬은 기사에게 만 원짜리를 쥐어준 다음, 거스름돈도 받지 않고 내려서 총알처럼 응급실로 달렸다.

정문에서 한참 떨어진 곳에서부터 이미 정체가 시작되어, 택시가 들어가려면 시간이 얼마나 걸릴 지 몰랐기 때문이다.

택시 기사는 질린 눈으로 주위를 둘러보았다. 거스름돈 2천 원을 더 벌었다고 좋아할 때가 아니었다. 사방이 환자를 태운 차들 천지였다.

"이거 난리가 나긴 났구먼?"

그는 그나마 전염병이 아닌 게 천만다행이라고 생각하며 서둘러 그 자리를 떴다. 더위를 먹고 쓰러져 병원으로 옮겨주길 기다리는 사람들이 수도 없으리란 걸 짐작했기 때문이다. 사람들의 재앙을 반기는 건 아니지만 최소한 그에게는 오늘이 대목임에는 분명했다.

응급실 문을 열고 들어선 성찬은 아연해졌다.

응급실은 이미 만원이었다. 침대에 누워 있는 사람들은 대부분 열사병 환자로 보였다.

어쩌다 교통사고로 실려 오거나 배탈이 난 사람도 있긴 했지만, 열에 여덟 명은 소위 더위를 먹은 사람들이었는데, 이는 이 병원이 생기고 나서부터 지난 수십 년간 유래가 없는 일이었다.

환자뿐만 아니라 보호자와 의사, 간호사로 가득 차서 응급실은 그야말로 북새통을 이뤘다.

한눈에도 사태의 심각성이 짐작이 갔다. 설상가상으로 실내는 몹시 습하고 후덥지근했다.

'열사병 환자는 서늘하게 해줘야 한다고 들은 기억이 있는데. 설마 이런 판국에도 전기요금 아끼려는 건가?'

성찬은 순간적으로 짜증이 나려 했다. 그러다 문득 응급실에 설치된 에어컨이 눈에 들어왔다.

에어컨에서는 요란한 소음이 났다. 금방이라도 연기를 내뿜으면서 터질 것처럼 보였다.

최저 온도에 풀가동을 하고 있었음에도 실내 기온이 28도에서 멈춘 채 내려가지 않고 있었다.

'대체 지금 기온이 몇 도기에……'

확실히 비정상적인 상황이다. 성찬은 더운데도 이상하게 등에 소름이 돋았다. 그는 택시를 찾았을 때와 마찬가지로, 아예 시간을 멈췄다 풀기를 반복하며 이동하기 시작했다. 다른 사람들에게 닿지 않게 주의해야 했지만 그 편이 훨씬 돌아다니기 수월했다.

사람들 틈에서 정신없이 두리번거리던 성찬은 누워 있는 무수한 환자 중 창백한 성주의 얼굴을 발견했다.

　"성주야!"

　그는 시간 정지를 해제하는 즉시, 여동생의 손을 잡고 애타게 이름을 불렀다. 그러나 그녀는 눈을 뜨지 못했다.

　"성주야. 눈 좀 떠봐!"

　성찬이 소리를 지르거나 말거나 누구도 그 사실을 신경 쓰지 않았다. 다들 환자의 상세를 살피느라 그럴 겨를이 없었던 것이다.

　그가 성주의 눈을 뜨게 해보려고 애를 쓰는데, 초췌해 보이는 의사가 인파를 헤치고 종종걸음으로 다가와서 물었다.

　"김성주 환자 보호자 되십니까?"

　"네, 네. 제가 오빠입니다."

　젊은 의사는 빠르게 말을 이었다.

　"지금 환자 상태가 많이 안 좋습니다. 얼른 수속하시고 입원 절차 밟으세요."

　성찬은 가슴이 철렁 내려앉았다.

　'환자분 상태가 많이 안 좋습니다.'

　이런 말은 드라마에서 말기 암으로 죽게 된 여주인공에 대해 의사가 설명할 때나 들어본 것이다. 절대 그의 여동생을 대상으로 해선 안 될 말이었다.

그는 입술이 바싹 타는 걸 느끼며 간신히 입을 열었다. 침착하게 대처하고 싶었지만, 초등학교 시절에 웅변대회에 처음 나갔을 때처럼 말을 더듬거릴 수밖에 없었다.

"마, 많이 안 좋다면 어떻게⋯⋯."

그의 동요는 의사에게 별로 깊은 인상을 주지 못한 듯했다. 아마 오늘 하루만 해도, 이런 반응을 보이는 환자 가족을 무수히 접했을 터였다.

의사는 무표정한 얼굴을 유지한 채 여전히 빠른 말투로 설명했다.

"음⋯⋯. 쓰러진 후에 응급처치가 제대로 되지 않았고 병원에 오는 것도 많이 늦었습니다. 수도권에 열사병 환자가 기하급수적으로 늘어나서 교통 체증까지 일어났기 때문일 겁니다. 도착했을 때 이미 상세가 좋지 않았습니다."

빌어먹을.

성찬은 머리가 하얘지는 것 같은 기분이 들었다. 갑자기 목이 메어와서 간신히 목소리를 냈다.

"위험⋯ 합니까?"

"뭐라 정확히 말씀드리기가 어렵습니다. 현재 계속 냉각요법을 하는 중인데도 체온이 40도 이상이고 의식불명 상태가 계속되고 있습니다. 아직까지 생명에는 지장이 없지만 이러다 혈액 응고와 급성신부전이 오면 치명적일 수도 있어요."

혈액 응고. 급성신부전.

다 마음에 들지 않는 단어들이었는데, 특히 성찬을 겁먹게
한 것은 저런 의학 용어들보다 '치명적'이라는, 그도 의미를
잘 아는 형용사였다.

"치명적……."

성찬의 얼굴이 파랗게 질렸다.

본래 의사들, 특히 응급실 의사들은 이렇게까지 직설적이
고 구체적으로 설명하지 않는다.

환자가 정식으로 진료받기 전까지 급한 상태를 호전시키
는 게 그들의 주업무이기 때문이다.

하나 국가에서 선포한 비상사태인 데다, 환자들이 끝도 없
이 밀려드는 바람에 의사들도 워낙 경황이 없었다. 심지어 병
원에서 보유한 수액이 바닥이 날 지경이었다.

그러다 보니 빨리 보호자에게 상황을 이해시켜서 입원 치
료를 하게 하는 편이 나았다.

안 그러면 불안해진 보호자들이 계속 물고 늘어질 확률이
컸다. 당장 그들이 의지할 수 있는 사람은 눈앞의 의사뿐이기
때문이다.

눈앞이 캄캄해지려던 성찬은 문득 한 가지 마법을 떠올렸
다.

'그래. 치유 마법!'

그랬다.

성찬에게는 마법이라는 힘이 있었다.

시간을 멈추는 게 주특기이긴 하지만, 분명 치유 마법으로 희영의 멍든 팔을 치료했던 전력이 있다.

아스트라의 말에 의하면, 그 치유 마법은 기본 마법 중 일부라고 하였다.

역시 뭐든 기본이 중요한 법이다. 지금 상황에서 시간 따위 멈춰 봐야 무슨 소용이 있는가?

성찬은 여동생이 무사히 회복되기만 한다면 기본 마법에 매진하리라고 다짐하고 또 다짐했다.

또한 의사의 말을 따르자면 체온을 낮춰주는 냉각 요법이 필수인 듯한데, 두 번째로 싸웠던 인베이더는 빙계 마법이 특기였다.

성찬은 냉기를 풀풀 날리던 그 아저씨가 갑자기 그리워지려고 했다. 최후의 모습은 상당히 끔찍했지만.

문득, 한 가지 발상이 성찬의 뇌리를 스치고 지나갔다.

'그때 인베이더의 마력 파동을 기억해 낼 수 있지 않을까?'

그 냉기의 마력 파동을 치유 마법의 공식에 결합시키는 거다.

그가 마법의 조합과 응용을 최초로 시도할 생각을 하는 순
간이었다.

시간 정지!

성찬은 일단 조금이라도 시간을 벌기 위해 다시 마법을 발
동했다.
즉시 응급실 안의 모든 움직임이 멈췄다.
조금씩 짜증스러운 기색을 보이며 성찬 앞에 서 있던 의사
도, 분주하게 움직이던 다른 의사와 간호사들도, 고통스런 호
흡을 내뱉던 환자들과 걱정스러운 표정의 보호자들까지.
이제 앞으로 40초 동안은, 성찬이 이 세계에서 움직이는 유
일한 존재가 되는 것이다.
시간을 멈춘 성찬이 성주에게 다가갔다. 그는 동생의 이마
에 가만히 손을 올렸다.
성찬의 손이 닿았으니, 패시브 마법 '시간 부분 공유'에 의
해 성주는 시간 정지의 영향에서 벗어났다. 병의 상태는 진행
되겠지만 그래야 치료가 가능했다.
성찬은 손바닥에서 느껴지는 뜨거운 감각에 자기도 모르
게 흠칫했다.
'열이 이렇게나…… 얼마나 힘들었을까?

늘 똑 부러지고 때로는 얄밉기도 했던 여동생이었는데 이렇게 보니 영락없이 가냘픈 소녀였다.

'마르긴 또 왜 이리 말랐담. 녀석. 밥 좀 잘 먹고 다니지.'

성찬은 가슴이 미어지는 듯이 아팠다.

가족이란 이런 것이다. 아무리 오랜 시간 오해와 미움을 쌓아 왔어도, 막상 가족의 아픔을 눈앞에서 대하면 어떻게든 돕고 싶어지는, 그런 존재가 가족인 것이다.

'성주의 고통을 덜어주고 싶다.'

그는 즉시 치유 마법을 발동했다.

마력이 그의 의지를 받아, 치유 마법의 공식대로 배열되었다.

거기에 더해, 그는 빙계 마법을 썼던 인베이더의 마력 파동을 합성했다.

배열은 치유 마법이되, 마력의 성질은 냉기를 머금도록 한 것이다.

'된다!'

마력이 뜻대로 순순히 움직여 주자 성찬은 쾌재를 불렀다. 치유와 냉기의 성질이 뒤섞여 변형된 마력이 그의 손을 통해 성주의 체내로 흘러 들어갔다.

사실 성주는 의사가 알려준 것 이상으로 위험한 상태였다.

더위에 마비되어 쓰러진 후에도, 중추 신경계가 장시간 체온을 낮추지 못해서 혈액 응고와 황달까지 일어나기 직전이었다.

그 증거로 그녀의 얼굴과 팔 등에 내부 출혈로 인해 울긋불긋한 피부 자반이 생겨났다.

불길한 얼룩무늬들. 성찬은 그 반점들을 보면서 초조한 마음을 가라앉히고 정신을 집중했다.

'반드시 구해내고 말 테다.'

성주는 의식불명의 상태에서 그다지 유쾌하지 않은 꿈을 꾸는 중이었다. 사람들이 흔히 악몽이라고 하는 종류의 것이다.

그녀는 디스커버리 채널에서나 보던 사막을 걷고 있었다.

햇볕이 내리쬐는, 뜨겁고 황량하기 짝이 없는 사막이었다.

너무도 목이 말라서 괴롭기 짝이 없었다. 이대로 가다가는 바싹 마른 미라가 되어버릴 것 같았다.

'아, 정말 말라 죽을 것 같아. 제발 물 한 모금만 마셨으면 소원이 없겠다.'

그녀는 애타게 주위를 둘러보았다. 그러나 오아시스는커녕 나무 한 그루, 풀 한 포기도 보이지 않았다. 잠시 몸을 쉴 그늘조차 없었다.

성주는 어디로 향하는지도 모르는 상태에서, 그저 이 황무지를 벗어나기 위해 걷고 또 걸었다.

지긋지긋한 햇볕은 점점 더 뜨거워졌다. 머리에 불이 붙어서 타오르는 게 아닌가 하고 의심이 될 정도였다.

그녀는 실제로 꿈속에서 자신의 머리를 만져 보기까지 했다. 그러는 사이 몸은 더욱 말을 듣지 않게 되고 그녀는 급기야 쓰러져 버렸다.

'나 이미 쓰러졌던 것 같은데 또 쓰러졌네. 여긴 대체 어디지?'

꿈이 너무도 생생해서 현실과 구분이 가지 않았다. 혼수상태에서 겪는 일종의 환각에 가까웠는데, 이 또한 열사병의 증상 중 하나였다.

'이대로 죽는 걸까?'

성주가 쓰러져 눈을 감은 채로 멍하니 이런 생각을 할 때였다.

별안간 이마에 톡 하고 빗방울이 떨어졌다. 뒤이어 온몸을 시원하게 적시는 비가 내리기 시작했다.

'비가 온다!'

성주는 환희에 찼다. 그녀는 입을 벌리고 빗물을 받아 마시려고 애썼다.

열에 시달려 바짝 마른 모래처럼 흩어질 것 같던 몸에 조금씩 생기가 돌았다.

그녀가 꿈속에서 비라고 생각한 것은 사실 성찬이 보내는 치유와 냉기의 마력이었다.

성주는 조금씩 혼수상태에서 깨어나기 시작했다.

그때 이마를 통해 맑고 서늘한 기운이 전해져 왔다. 뭐라 말로 표현하기 어려운 청량한 기운이었다.

그 기운은 눈과 머리의 열을 식혀주더니, 그녀의 전신을 어루만지듯 천천히 퍼져 나갔다. 그제야 제대로 숨이 쉬어지고 살 것 같았다.

가만히 눈을 떠보자, 성찬이 차가운 물수건을 이마에 대주고 있었다. 그런 그의 눈에는 눈물이 글썽였다.

'오빠……?'

방에 틀어박혀 단절되기 전까지, 그녀가 누구보다 자랑스러워하고 좋아하던 오빠였다. 예전 모습으로 돌아간 오빠가 그녀를 구하러 온 것이다.

"오빠."

성주가 작게 중얼거렸다. 동생이 정신을 차렸음을 깨달은 성찬이 반색하며 답했다.

"성주야!"

여전히 그의 옆에 서 있던 의사가 깜짝 놀라 헛바람을 내뱉었다.

"헛?"

방금 전까지만 해도 의식불명에 위험한 상태이던 환자가 갑자기 눈을 뜨고 말을 했으니, 의사 입장에서는 놀랄 만도 했다.

　그는 이게 사망의 조짐이 아닌가 하고 더럭 염려가 되었다. 가끔, 죽기 직전에 맑은 정신으로 되돌아오고 호전된 듯 보이는 사람들이 있었다.

　의사는 가운 주머니에서 서둘러 체온계를 꺼내 열을 재본 후에 더욱 놀랐다.

　40도를 넘나들던 성주의 체온이 37.8도를 가리키고 있었다.

　체온이 거의 정상으로 돌아온 것이다. 아직 미열이 있긴 했지만, 직전까지의 상태에 비하면 정상이나 마찬가지였다.

　"이건 말도 안 돼!"

　의사가 놀라거나 말거나, 두 남매는 감격의 순간을 맛보고 있었다.

　성주가 죽을 고비를 넘긴 것 이상의, 그간 쌓였던 벽이 무너지는 감격이었다.

*　　　*　　　*

　"조금만 더 같이 있어주면 안 돼?"

성주가 성찬의 손을 잡고 칭얼대듯 말했다. 학교에서의 그녀를 아는 사람이라면 놀라 자빠질 모습이었다.

평소의 그녀는 결코 빈틈을 보이지 않았기 때문이다. 늘 무표정한 얼굴에, 공부를 하거나 책을 읽고 있었다. 그래서 붙은 별명이 얼음 여왕이었다.

치료 마법에 빙계 마법이 더해진 그녀의 상태는 몰라보게 호전되었다.

열기는 빙계 마법에 의해 가라앉고 그사이에 손상됐던 내부 장기는 치료 마법이 고쳤다. 상태를 본 의사가 곧 퇴원해도 된다고 할 정도였다.

다만 뒤에 행한 몇 가지 검사 결과가 나올 때까지 기다리는 중이었다.

성찬 덕분에 위험한 고비를 무사히 넘기고 회복된 성주는, 언제 퉁명스럽게 굴었냐는 듯 예전의 곰살맞은 동생으로 돌아왔다.

그녀는 본래 성찬을 매우 존경하고 사랑했다.

워낙 머리가 좋아서 뭐든 한 번 보면 외워 버리는 성주에 비해, 성찬은 평범한 편이었다. 그는 그 차이를 순전히 노력으로 메웠다.

또한 성주는 자신의 천재성 탓에 질시를 받기 일쑤였다. 제일 친한 친구조차 뒤에서 그녀를 질투하여 욕했다. 이는 그녀가 마음을 닫아버린 계기가 됐다. 단 한 사람, 성찬만이 그런 열등감이나 질투를 전혀 드러내지 않았다.

성주에게 있어서 성찬은 경이로운 인간이었다. 거기다 성실하고 자상하기까지 한 오빠는 그녀의 이상형에 가까웠다.

하지만 그가 갑자기 방구석 폐인 생활을 계속하여 부모님을 힘들게 하자 실망한 데다, 사춘기와 입시까지 겹쳐서 까칠하게 굴었던 것이다. 기대가 컸던 만큼 실망도 컸다고나 할까.

이제 성찬이 그렇게 행동한 이유도 알게 됐고 그가 완전히 변했으니 더 이상 불퉁댈 이유가 없었다.

다만, 오빠의 고통도 모르고 못되게 대한 게 미안했다. 하루아침에 태도를 바꾸기도 머쓱하여 눈치만 보고 있었던 것이다.

성찬은 성주의 머리를 부드럽게 쓰다듬으며 타일렀다.

"성주야. 오빠도 더 함께 있어주고 싶긴 한데, 아버지한테도 가봐야지. 지금 엄마 혼자 고생하고 계실 거야."

"으응……."

성주는 아버지도 더위를 먹고 쓰러졌다는 얘기를 성찬에게서 들었다. 더 떼를 쓸 수가 없었다.

"바깥이 아직도 심하게 더우니까 나가자마자 택시 타고 바로 집으로 가."

말과 함께, 성찬이 오만 원짜리 지폐 두 장을 선뜻 쥐어주었다. 자신이 쓰는 데는 인색하지만 부모님과 동생에게는 돈을 아끼지 않는 그였다.

놀란 얼굴이 된 성주가 성찬에게 돈을 돌려주려 했다.

"너무 많아."

"많긴. 택시비 내고 남는 건 먹을 거라도 사서 들어가. 전기요금 생각하지 말고 에어컨 빵빵 틀어놓고. 시원한 물 계속 마시는 것도 잊지 말고."

"응. 알았어, 그럼."

듣고 있던 성주의 얼굴에 긴장한 기색이 살짝 떠올랐다. 그러고 보니 살인적인 더위는 여전히 진행 중인 것이다.

성찬의 냉기 마법 덕분에 그와 성주가 있는 곳 주변만 이상하게 서늘할 뿐이었다. 그래서인지 성찬의 주변에 자꾸 사람들이 몰리고 있었다.

'이제 퇴원해도 괜찮겠지?'

성찬은 성주를 혼자 보내기가 좀 불안했으나, 아버지도 위험한 상태일지 모르기 때문에 한시가 급했다.

치료를 하면서 성주의 체내에도 서늘한 성질의 마력을 주입했으니 집에 갈 때까지는 더위에 버틸 만할 터였다.

그녀의 몸은 의외로 마력에 대해 거의 저항을 보이지 않았다. 처음부터 자신의 기운이었던 것처럼 자연스럽게 융화하며 받아들이더니 혈액과 함께 순환시키기 시작했다. 그래서 더 회복이 빨라진 것도 있었다.

"혹시나 택시가 안 잡히면……."

못내 걱정되어 말을 잇던 성찬이 문득 시계를 보았다.

"아차. 회사!"

어느덧 9시가 다 되어가고 있다.

출근 첫날부터 지각이다, 회식 때문에 휴가를 받은 다음 첫 월요일 아침에 또 지각하게 생겼다. 이래저래 평온한 직장 생활을 하기 어려운 요즘이었다.

그때 전화벨이 울렸다. 화면을 보니 '사장님'이라는 세 글자가 떴다.

'어이쿠.'

성찬은 서둘러 병실 밖으로 나와서 전화를 받았다.

"예, 사장님. 죄송합니다. 안 그래도 전화 드리려고 했는데……."

—김 과장. 별일 없어요?

"예? 아, 네."

성찬은 과장이란 호칭에 순간적으로 멍했다가, 곧 지난주의 파격적인 승진 건을 떠올렸다.

'맞아. 나 과장으로 승진했었지.'

창고를 습격했던 발해흥업의 폭력배들을 막아낸 후, 회사를 그만두지 않는 조건으로 승진과 월급 인상을 받았다. 사장으로부터 직접 과장이라는 말을 들으니 새삼 실감이 났다.

과장, 김성찬 과장이라!

작은 회사이긴 해도, 그와 비슷한 또래의 친구 중에 과장까지 승진한 녀석은 드물 터였다.

속물적인 자부심 덕에, 불안하던 성찬의 기분이 조금 업됐다. 그는 최대한 차분하게 사정을 설명했다.

"실은 아버지와 여동생이 둘 다 열사병으로 쓰러져서요. 방금 여동생 상태 확인하고 아버지께서 입원하신 병원으로 가려던 참입니다."

서 사장의 목소리에 진심으로 놀란 기색이 어렸다.

—저런.

"그래서 죄송하지만 오늘 좀 늦을 것 같습니다. 사장님께 먼저 연락을 드렸어야 했는데, 여동생이 한때 위험한 상태까지 간 바람에 경황이 없었습니다. 정말 죄송합니다."

—역시 그랬군요. 출근할 필요 없습니다.

"예? 저, 저 잘린 겁니까?"

—잘리긴요. 하하. 회사도 오늘부터 무기한 휴업에 들어갑니다.

"휴업이요?"

—그래요. 이게 정상적인 더위가 아니라, 몸이 약한 사람은 밖에 몇 분만 있어도 픽픽 쓰러지는 더위예요. 국가에서도 재

난 사태를 선포했으니, 이런 때 직원들을 출근시킨다는 건 말이 안 되죠.

"아……."

―부담 갖지 말고 아버님과 여동생 분 잘 보살피세요. 실은 저도 주변 사람 몇 명이 더위를 먹고 쓰러지는 바람에 일하기 어려울 것 같습니다. 어차피 너무 더워서 공사하는 업체도 없을 거고요. 기온 좀 내려가면 그때 따로 연락하도록 하지요.

"알겠습니다. 사장님도 조심하세요."

―네. 성찬 씨도요.

통화를 끝내자 성찬은 조금이나마 마음이 가벼워졌다. 일은 좀 힘들지언정, 정말 좋은 회사에 다니고 있다는 생각이 들었다.

그가 성주를 다독이고 아버지에게 가려는 찰나, 어머니로부터 다시 전화가 왔다.

―애. 성찬아.

울먹이는 어머니의 목소리에 성찬은 가슴이 철렁 내려앉았다. 설마?

"엄마. 아버지한테 무슨 일 있어요?"

―어휴. 십 년 감수했다. 눈앞이 캄캄하더니, 와보니까 크게 위험한 상태는 아니란다. 훌쩍. 이 양반이 밖에서 일하던 가락이 있어서 체력이 요즘 2, 30대 젊은 애들 못지않다고 의

사 선생님이 칭찬하시더구나.

옆에서 어머니에게 잔소리하는 아버지의 목소리가 희미하게 들렸다.

—거 괜찮다니까 왜 병원까지 쫓아와서 울고 그러오?

성찬은 가슴을 쓸어내렸다. 절로 안도의 한숨이 나왔다.

"그, 그래요? 휴우……. 아, 그런데 아버지 말마따나 엄마는 왜 울고 그러세요! 나쁜 일이라도 있는 줄 알고 깜짝 놀랐잖아요."

—인석아, 안심이 되니까 그렇지. 아무튼 그러니까 이쪽은 걱정 말고. 성주는 좀 어떠니?

"성주도 괜찮대요."

성찬은 성주가 위험한 상태까지 갔었다는 얘기는 굳이 하지 않았다.

괜히 혈압이 높은 어머니를 놀라게 해드릴 필요는 없다는 생각에서였다.

—아이고. 정말, 어머님이 도우셨구나.

어머님이란 돌아가신 성찬의 할머니를 의미했다. 할머니는 독실한 불교신자였는데 늘 집안 식구들을 위해 치성을 드리곤 했다.

성찬의 기억 속에 남아 있는 할머니는 늘 눈을 감고 묵주를 굴리며 입속으로 뭔가 기도하는 모습이었다.

'그래. 성주는 내가 살렸지만 아버지는 할머니께서 지켜주신 것일 거다. 당신의 아들은 평생 착하고 성실하게 살아왔으니.'

아버지도 무사하시다니, 이제 성찬은 한 가지 일만 해결하면 되었다. 바로 이 비정상적인 고온의 원인을 찾아 없애는 거였다.

마음을 정한 성찬이 말했다.

"그럼 저는 성주 집에 데려다주고 잠깐 회사 좀 들렀다가 들어갈게요."

—뭐? 회사에 간다고? 아니, 지금 폭염에 온통 난리가 났는데, 월급도 얼마 안 주면서 오늘 같은 날에도 출근하라니?

"아니요. 그냥 제가 확인 좀 할 게 있어서요. 그리고 참고로 월급 인상됐어요."

높아졌던 어머니의 언성이 금세 수그러들었다.

—응? 얼마나…….

"엄마. 잠깐만. 성주 검사 결과 나왔거든요. 나중에 얘기해요."

어머니와 통화를 마칠 때쯤 성주의 검사 결과가 나왔다. 혈액 응고 상태나 적혈구 수치 모두 정상이었다. 이로써 치료마법의 효과를 다시 한 번 확인할 수 있었다.

그러는 사이에도 환자가 계속 밀려들고 있었으므로, '병원에서는 멀쩡해진 성주가 빨리 퇴원해 주길 바라는 눈치였다.

성찬은 동생의 상태를 몇 번이나 확인한 후에야 퇴원 수속을 밟았다. 그러고도 안심이 안 되어서, 수시로 물어보기를 잊지 않았다.

"성주야. 정말 어디 안 좋은 곳 없는 거지? 속도 괜찮고?"

"응. 이제 멀쩡하다니까. 그만 좀 물어봐. 그리고 이상하게 아까보다 더위도 약해진 것 같아."

이는 성주의 착각이었다.

더위는 여전했다. 아니, 오히려 더 심해졌다.

그런데도 성주가 기온이 내려갔다고 느끼는 건, 그녀의 체감온도가 낮아졌기 때문이다. 성찬이 그녀의 체내에 주입한 조합형 치유와 빙계 마력이 제대로 작용하고 있다는 증거였다.

마력이 완전히 소멸되기까지, 앞으로 두어 시간은 그녀를 지켜줄 터였다. 그럼 집에 도착할 때까지는 문제없다.

아무리 콩나물 값 백 원에 벌벌 떠는 어머니라도, 이런 날씨에만큼은 에어컨을 아낌없이 틀 것이다.

성찬은 고개를 끄덕였다.

"그래. 아버지도 너도 무사하니 다행이다."

"그런데 오빠는? 회사 안 가도 돼?"

"좀 늦게 가도 되게 됐어. 오빠가 집까지 같이 가줄게."

"정말?"

성주는 오빠가 데려다준다는 말에 희색을 띠었다.

남매는 사이좋게 병원 바깥쪽 큰길가로 나왔다. 그곳에서 택시를 잡으려 했으나, 빈 택시는 좀처럼 오지 않았다.

지나가는 택시 안에는 십중팔구 늘어져 있는 승객의 모습이 보였다. 모두 열사병으로 쓰러져 급히 병원으로 가는 사람들이었다.

"어떡해……."

성주가 그들을 보며 근심스런 얼굴로 중얼거렸다.

간혹 병원 정문 입구에 택시가 와서 서더라도, 뒷사람이 곧바로 새치기를 했다. 그들의 모습이 너무도 급박해 보여서 성찬은 항의를 하거나 시간 정지 마법을 쓰는 것조차 꺼림칙했다.

그 사이에 더위는 더욱 심해졌다. 잔뜩 열을 받은 땅에서 아지랑이가 이글이글 피어올랐다.

병원 앞 아스팔트는 금방이라도 녹아내릴 것 같았다. 이제 성찬은 대체 어디까지 기온이 오르려는지 궁금해질 지경이었다.

'이럴 때 차가 없으니까 정말 불편하구나. 아무래도 회사 차 말고 내 차를 한 대 사든가 해야겠다.'

성찬은 뺨을 타고 흘러내리는 땀을 손등으로 훔치며 생각했다.

얼마 후, 마침내 택시를 잡는 데 성공한 남매는 곧장 집으로 향했다. 성주를 집에 데려다주고 나오던 성찬이 중얼거렸다.

"이대로는 안 돼."

그는 비로소 느꼈다.

도시 전체에 거대한 마력의 파동이 넘실거리고 있음을.

마력 파동이 너무도 크고 강대해서 처음에는 오히려 감지하지 못했다. 부처님 손바닥 위에 있는 손오공처럼 말이다.

마력 안에 푹 파묻혀 있었기에 마력을 못 느낀 것이다.

문제의 파동은 강력한 열의 성질을 머금고 있었다. 이게 폭염을 유발하는 주범이었다.

'불 계통 마법사인가?'

그 파동이 점점 더 강해지고, 점점 더 뜨거워지는 중이었다. 이제는 숫제 동남아시아나 아프리카에라도 와 있는 것 같았다.

'이 미친놈이 사람들을 모두 익혀 버릴 셈인가.'

이 기세로 기온이 상승한다면 성찬의 상상이 영 허황된 것만은 아니었다. 그는 아파트 복도에서 매직 패드를 꺼냈다.

"루나."

경쾌한 알림음과 함께, 성찬의 목소리에 반응하여 부팅된 매직 패드, 루나가 답했다.

〈다차원 자동 언어 번역 마법이 구동 중입니다. 각인된 사용자인 리온님의 마력 정보를 확인했습니다.〉

"아스트라와 연결해 줘."

〈요청 확인. 아스트라님의 매직 패드와 무선 마력 네트워크를 연결합니다.〉

그 직후, 맑으면서도 냉소적인 익숙한 목소리가 귓가에 들려왔다. 성찬의 체감 온도를 2도 정도 낮춰주는 목소리였다.

〈뭐야, 멍청아. 내가 쓸데없이 패드로 접속하지 말라고 했잖아.〉

"아스트라. 역시 이건 단순한 더위가 아닌 것 같아. 열의 성질을 가진 마력 파동이 느껴져."

〈알아. 내 예상대로 인트루더 중에서도 브레이커 타입의 마법사가 넘어온 게 분명하다. 좀 전에 놈이 있는 곳으로 짐작되는 장소를 찾는 데는 성공했지만 더 가까이 접근할 수가 없다.〉

"정말? 왜?"

〈왜긴 왜야. 너무 뜨거워서 그러지. 실드와 빙계 마법을 병용한 상태로 떨어진 곳에서 지켜보는 중인데, 지금도 계속 온도가 올라가고 있다.〉

"그, 그 정도야?"

〈이 상태대로라면 한 시간 후에 이 도시의 평균 기온은 60도가 되고, 또 한 시간이 더 지나면 100도가 된다. 그럼 대부분의 생명체가 죽겠지.〉

100도면 물이 끓는 온도였다.

끓는 물, 아니, 이 경우에는 공기라고 해야 할까? 아무튼 그 속에서 멀쩡할 생명체는 아스트라의 말마따나 거의 존재하지 않을 것이다.

듣기만 해서는 얼른 와 닿지조차 않는 비극을, 아스트라는 무덤덤하게 전했다.

성찬이 망연한 얼굴로 물었다.

"…그놈은 대체 왜 이런 짓을 하는 거야?"

〈간단해. 널 찾기 어렵고 귀찮으니, 이 일대의 인간을 다 없애려는 거야. 그럼 너도 죽을 테니까. 그 일대라는 범위가 좀 넓다는 게 문제지만.〉

"헐!"

성찬은 진심으로 어이가 없었다. 자신을 콕 찍어 노리고 공격해 온 적보다 더 황당했다.

자신을 찾기 귀찮아서 도시의 인간 전체를 죽이겠다니! 대체 인트루더라는 마법사 족속들의 사고방식은 어떤 기준으로 움직이는지 궁금했다.

"이건 뭐, 빈대 잡겠다고 초가삼간 태우는 것도 아니

고……. 아, 그럼 내가 빈대가 되는 거니까 이 예는 좀 아닌 가?'

〈크게 틀린 예는 아니라고 본다.〉

성찬은 이제 이 정도의 빈정거림은 무심히 흘려 넘길 정도 로 단련됐다.

"아무튼……. 한 시간 후면 기온이 60도가 된다고 했지? 절 대 그냥 둘 수는 없겠군."

성찬의 눈에 은은한 분노의 빛이 감돌았다. 지금까지 두려 운 가운데서도 살기 위해 의무적으로 싸웠던 것과 비교하면 크게 달라진 모습이었다.

그가 물었다.

"거기가 어디야?"

제2장
시간 역행을 사용하다

성찬은 30분쯤 후에 아스트라가 알려준 장소에 도착했다.

그곳은 어이없게도 서울 시청 앞, 서울 광장이었다.

정확히 말하면 서울 광장 지하다.

아무래도 이곳이 지리적으로 서울의 한가운데이기 때문에 택한 것으로 짐작되었다. 성찬을 기다리고 있던 아스트라가 설명했다.

〈놈은 초고열을 이용, 이 근처 어딘가의 땅속을 파고 들어가서 열을 내뿜고 있어. 그 열이 지반을 통해 쉴 새 없이 위로 뿜어져 나온다. 도시 전체가 거대한 프라이팬이 된 셈이지.

그래서 건물 내부로 피해도 소용이 없는 거야.〉

그럼 사람들은 모두 소시지 야채볶음이나 계란프라이가 된 꼴이군. 성찬은 이런 생각을 하며 물었다.

"땅속에 숨어 있단 말이야?"

〈그래.〉

여름이 무더운 이유는 하늘에서 쏟아지는 따가운 햇볕이 첫 번째 원인이지만, 그 햇빛에 의해 달궈진 땅과 건물들이 내뿜는 열도 만만치 않았다.

그런 열은 해가 진 후에도 남아서 열대야를 만든다. 그보다 훨씬 높은 온도를 지하에서 직접적으로 내뿜고 있으니 위의 기온이 올라가지 않을 수가 없다.

원인은 이해가 갔는데 과정이 의문이었다.

아스트라의 설명에 성찬이 반문했다.

"처음부터 땅이 녹을 정도로 열을 내뿜었다면, 지하로 들어가기 전에 누군가의 눈에 띄지 않았을까? 그런 엄청난 불덩어리가 서울 한복판을 돌아다니고 있었다면……."

발길 닿는 곳마다 불꽃이 솟구치고, 마주치는 대상은 모두 불타 버렸을 것이다.

〈이곳은 흔해 빠진 게 구멍이더군.〉

아스트라가 앞발로 뭔가를 가리켰다. 그것은 바로 맨홀 뚜껑이었다.

〈저런 것들 중 하나로 들어가서, 적당한 곳에 자리를 잡고 마법을 발동했겠지. 구멍을 통해 수직으로 내려간 후, 수평으로 이동한 거다.〉

"헐……."

〈얼마나 편해? 캐스팅하는 동안 발각되거나 공격받을 일도 없고 땅속에 그물처럼 통로도 만들어졌으니. 그런데 저게 대체 뭐하는 구멍이냐?〉

"끙. 하수도 구멍이야. 사람들이 쓴 물을 모아서 처리소로 보내는 통로라고나 할까."

〈호오. 그런 게 있어? 그럼 저 구멍은 또 뭐지?〉

"그건 고압선이 지나가는……."

〈이건?〉

성찬은 이쯤에서 아스트라의 불필요한 호기심을 끊을 필요성을 느꼈다.

"…이제 그만하고 여기에 집중하자."

성찬은 암담한 표정으로 주위를 둘러보았다. 뭔가 작은 단서라도 찾기 위해서였다.

서울시 지하도의 규모를 정확히 알진 못하지만, 산책하듯 둘러볼 수 있는 길이가 아닐 것은 확실했다.

놈은 그 어딘가에 틀어박혀서 용광로처럼 열을 뿜어대고 있는 것이다. 빌어먹을 마법사 놈 같으니.

'대체 그놈을 어떻게 찾지? 찾는다 해도 꺼낼 방법이…….'

한동안 살피다 보니 눈에 띄는 다른 것들이 있었다.

바로 정부 기관에서 나온 듯한 느낌의 사람들이었다. 하긴, 이 정도로 큰 이변이 발생했는데 나라에서 손 놓고 구경만 할 리가 없다.

그 증거로 좀 전부터 연구원과 학자로 보이는 사람들이, 성찬으로서는 도무지 정체를 알 수 없는 장비들을 가지고 심각한 표정으로 서울 광장 주변을 돌아다니고 있었다.

그로부터 좀 떨어진 곳에는 여러 방송국에서 나온 텔레비전 중계차량들도 보였다. 이 상황을 뉴스 속보로 내보내는 모양이었다.

아나운서가 지친 와중에도 또박또박한 목소리로, 주의사항이니 현재 온도니 하고 말하는 소리가 들렸다.

"시민 여러분들은 최대한 바깥출입을 자제해 주시고……."

좌우간 정부에서도 열기의 진원지가 이 근처라는 데까지는 알아낸 게 분명했다.

'내가 현대 과학의 힘을 너무 무시했나 보군.'

연구원들은 온몸에서 폭포수처럼 땀을 흘리면서도, 연신 물을 마셔가며 끈기있게 광장 주위를 살피는 중이었다. 서울 광장 주변에는 어느새 경찰 병력도 동원되어 일대를 통제하는 듯 보였다.

이런 무더위에도 밖을 돌아다니는 사람들은 여전히 있었다. 특별히 더위에 강한 체질의 사람들이거나, 먹고살기 위해 어쩔 수 없이 나올 수밖에 없는 사람들이었다.

물론 가끔은 아무 생각 없는 사람들도 섞여 있었다. 그런 시민들은 어리둥절해하면서도 광장을 비껴갔다. 스마트폰으로 촬영해서 SNS에 올리기도 했다.

성찬은 속으로 혀를 찼다.

'제길. 경찰이나 조사원이나 지금은 오히려 방해만 된단 말이지.'

이제 신발을 신고 있는데도 발바닥이 뜨거울 정도로 지열이 강해졌다.

지금이야 족욕하는 기분이지만 신발 밑창이 녹아서 들러붙기 시작하면 썩 유쾌하진 않을 터였다. 사방에서 아지랑이처럼 열기가 올라오고 있었다.

이대로 가다가는 조사원들과 경찰들도 곧 열사병으로 쓰러질 것이다.

무엇을 막으려는 것인지, 혹은 무엇과 싸우려는 것인지는 모르지만 헬멧에 정복에 방패까지 복장을 갖춘 전투 경찰들은 벌써부터 힘겨워 보였다.

설령 저들이 원인을 알아낸다 해도, 놈을 어떻게 꺼내어 처리한단 말인가?

'하긴. 그건 나도 마찬가지인가.'

성찬은 입술을 깨물었다.

시간을 멈추게 할 수 있는 가공할 능력을 가지고서도, 이런 식의 공격에는 뾰족하게 대응할 방법이 없었다.

끙끙대는 성찬을 보던 아스트라가 불현듯 물었다.

〈네가 지금 시간 마법 몇 레벨이지?〉

"나? 3레벨인데?"

잠깐 침묵을 지키던 아스트라가 신랄한 어조로 말했다.

〈정말 참기 어려울 정도의 멍청함이군. 매직 패드까지 빌려줬는데도 아직까지 3레벨에 머물러 있다니.〉

"그래. 멍청해서 미안하다."

〈하지만 3레벨이라면 부족한 대로 시간 역행 마법을 쓸 조건은 되는군. 시간 역행은 써본 적 있냐?〉

"아니."

성찬이 긴장한 낯빛으로 고개를 저었다.

시간 역행 마법이 어떤 마법인지는 이미 매직 패드를 통해 배웠다.

또 3레벨이 되면서, 시간 역행 마법을 발동하기 위한 마력의 흐름과 주문이 각인되기도 했다.

그러나 실제로 써본 적은 한 번도 없었다. 단순히 알기만 한다고 해서 행할 수 있다면, 세상에 연습이나 실습 과정 따위는 필요 없을 것이다.

더구나 간단한 마법이라면 모를까, 시간 역행 마법의 마력 흐름은 치가 떨릴 정도로 복잡했다.

마법에 대한 지식을 전이받고 몇 번 사용하고 나자 비로소 뼈저리게 알게 된 사실이었다. 아는 만큼 보인다고나 할까.

시간 역행은 최초에 마법진을 구축하는 캐스팅에만 수십 초가 걸렸다. 거기에 들어가는 마력의 양 또한 만만치 않았다.

무엇보다 제일 두려운 것은 패드를 통해 알게 된, 시간 역행 마법을 실패했을 때의 부작용이었다. 성찬은 자기도 모르게 그 내용을 한 번 더 되새겼다.

'시간 마법을 전용 마법으로 갖게 된 순간부터, 시간 정지는 기본적인 주문에 속하게 됐다. 불 마법이 전용인 마법사가 기본적으로 화염구를 쓸 수 있는 것과 같은 이치다. 시간 정지에 따라오는 몇 가지 패시브 마법과 시간 분할 마법까지만 해도, 내 몸이 거기에 적응하고 마력 양이 허용하는 한도 내라면 기본 마법과 별 차이가 없을 정도로 아무 무리 없이 사용할 수 있다.'

하지만 패드는 두 가지 마법에 대해 특히 경고를 했다.

바로 시간 역행과 시간 가속 마법이다.

'게임 속의 불 마법으로 치자면 유성을 떨어뜨리는 메테오 스트라이크나, 지옥의 불꽃이라는 인페르노와 비슷한 급인 마법들……'

즉, 시간 마법 중에서도 최상위급의 마법.

이 시간 역행과 시간 가속을 잘못 사용하면, 겉보기에는 여기와 똑같아도 알맹이는 완전히 다른 세상인 평행 우주 중의 하나로 날아가거나, 최악의 경우 마력이 폭주하여 죽을 수도 있다고 했다.

평행 우주에 대해서는 성찬도 조금 알고 있었다. 물론 과학적으로 아는 게 아니라, 그가 학생 시절에 인기 최고였던 만화를 통해 알게 된 어설픈 지식이다.

그 만화에서는 주인공의 동료들이 죽은 세계와 그들이 살아 있는 세계가 별개로 존재했다.

예를 들어, 만약 성찬이 평행 우주로 가게 된다면 부모님이나 동생들을 생판 남으로 만나게 될 수도 있고 원수나 마찬가지인 이용준을 가족으로 만나게 될 수도 있다는 것이다.

제2, 제3의 디아스티마 같은 곳에서 말이다.

단, 그곳은 마법을 쓰는 사람들이 아니라 원시인들이 기다리고 있을 수도 있다. 지구와 똑같지만 알맹이만 다른 세계일 수도 있다.

모두 생각하기도 싫은 상황이었다.

또 마력 폭주는 어떤가.

성찬은 마력이 폭주한 끝에 소멸되었던 두 번째 적, 빙계 마법사 인베이더를 떠올렸다.

'오늘 그 아저씨 여러 번 생각나는군.'

그는 이곳에 와서 빼앗았던 육체의 균형이 무너지면서, 아이스크림이 녹아내리듯 인체가 녹아버렸다.

실로 끔찍하기 짝이 없었다. 그런 꼴이 된다는 상상만으로도 등골이 오싹했다.

아스트라의 말이 성찬의 상념을 깼다.

〈잘됐네.〉

"뭐가?"

〈이제 시간 역행 마법을 써볼 기회가 왔으니까.〉

성찬이 이상한 소리로 신음을 했다.

"꿱?"

성찬의 신음에 아스트라가 귀를 쫑긋거렸다. 봉제 고양이의 신체 기관이 제대로 작동할 리 없건만, 마치 실제로 들을 수 있을 듯한 착각을 불러일으켰다.

〈내 정보에 의하면 그건 일반적으로 인간들이 내기 어려운 소리인데. 대체 무슨 뜻이냐?〉

"아무 뜻도 없어! 그러니까, 나더러 시간 역행을 써보라고?

지금?"

아스트라는 단호하게 말했다.

〈그럼 내가 쓰겠냐? 시간 역행 마법이 아니고선 이번 브레이커를 잡을 수 없다. 이 정도의 열기를 버티고 놈이 있는 지하까지 파고 들어가는 건 나도 불가능하니까.〉

"시간 역행을 써서 대체 어떻게 하라는 거야?"

〈놈이 땅속에 들어가기 전, 그러니까 발열체가 되기 전으로 시간을 되돌려서 쓰러뜨리는 거다. 간단하지?〉

아스트라의 말에 성찬은 입을 떡 벌렸다.

"헐."

물을 끓여서 면과 수프를 넣으면 맛있는 라면을 먹을 수 있는 거야. 간단하지? 아스트라의 말투는 이런 식이었다.

말은 쉽다. 그러나 그 과정은 언뜻 생각해도 전혀 간단하지 않았다.

기온 이상 현상은 새벽부터 이미 느껴지기 시작했다. 지금 시각은 오전 열한 시였다.

그 두더지 같은 놈이 땅속에 파고 들어간 지 최소 일고여덟 시간은 지난 것이다.

현재 성찬이 발동할 수 있는 시간 정지는 40초 발동에 20초 딜레이, 순수 발동 시간은 총 120분이다.

그것도 마력을 탈탈 긁어모았을 때의 얘기다. 육체가 붕괴

되지 않으려면 실질적으로는 100분 정도가 한계일 것이다.

이런 성찬에게 시간을 무려 일곱 시간 전으로 되돌리라는 건 불가능에 가까웠다. 일곱 시간이면 무려 420분이 아닌가.

"아니, 아스트라. 하지만 난 마력이 부족하잖아."

항변하는 성찬의 말을 아스트라가 막았다.

〈부족한 마력은 내가 지원해 주겠다.〉

"응? 하지만 날 도와주면 네가……."

아스트라가 파란 눈을 오만하게 빛냈다. 봉제 고양이 인형의 유리 눈알을 통해서도 오만함이 느껴지다니, 신기한 노릇이었다.

〈건방지게 지금 네가 날 걱정하는 거냐? 전투에 직접 관여하지만 않으면 된다고 했잖아. 시간 역행은 그저 놈이 지하에 들어가기 전으로 상황을 바꾸는 것. 그 후에 놈을 처리하는 건 온전히 네 몫이야. 난 절대 끼어들지 않을 거니까.〉

"끄응……."

일단 마력에 관한 부분은 해결됐다고 치자. 하지만 문제는 더 있었다.

고차원의 마법은 한 차례 쓰는 것만으로도 상당한 정신력이 소모되었다.

마법에 필요한 요소는 마력, 정신력, 공식에 따른 마력 배열과 스펠(주문)이었다. 자동차로 바꿔보면 연료, 운전사, 차체에 비유할 수 있다.

예를 들어 휘발유를 가득 채운 최신형 스포츠카라 해도, 운전자가 술에 떡이 됐거나 피로에 지치면 더 이상 운전을 할 수가 없게 된다.

졸음운전은 자칫 치명적인 사고로 이어지기 십상이다. 정신력이 받쳐 주지 못하는 상태에서의 마법 남발은 이런 졸음운전이나 마찬가지였다.

졸음운전이냐, 계란프라이냐. 이것이 문제로다.

아스트라가 고민에 빠진 성찬을 채근했다.

〈어쩔 거야? 이러는 사이에도 시간은 계속 흘러가고 온도도 올라간다.〉

그때, 서울 광장을 둘러싸고 서 있던 전투경찰 중 한 명이 픽 쓰러졌다.

앞서 말했듯, 경찰들은 가뜩이나 찔 듯한 날씨에, 헬멧을 착용하고 방패까지 들고 있었다. 아무리 체력이 좋아도 견뎌 내지 못한 것이다.

어이. 김 순경이 쓰러졌다. 이제 시작하자. 그게 신호인 양, 여기저기서 경찰들이 쓰러지기 시작했다.

급기야 조사원 중에도 탈진하여 풀썩 주저앉는 사람이 나왔다.

지휘자들이 당황해서 어딘가로 바삐 전화를 걸어댔다. 상급자들이란 늘 일이 터진 후에 대처 방안을 찾곤 했다. 구급차도 속속 도착했다. 긴장감이 감돌던 서울 광장은 순식간에 아수라장이 됐다.

그 광경을 보던 성찬이 결심을 굳혔다.

"할게. 시간 역행. 이러다 다 죽겠다."

〈잘 생각했어.〉

"그런데 왜 네 마력까지 나눠주면서 도우려는 거야? 너는 여기…… 이 세계를 싫어하잖아."

아스트라가 노골적으로 코웃음을 쳤다.

〈멍청하긴. 누가 이 세계를 구하려고 이러는 줄 알아? 이 세계가 이대로 끓어오르다가 사라지면 머저리 너도 죽을 거 아니냐.〉

"그건 그렇지."

〈지구가 사라지면 네가 죽고.〉

"더블인 내가 죽으면 그 리온인가 뭔가 하는 사람도 죽을 테고?"

〈그래. 난 그런 상황을 막으려는 것뿐이다. 그리고 마력은 어차피 사용하고 나면 다시 채워진다.〉

"알았어. 그럼 부탁해."

하긴, 이 마법고양이는 늘 리온이라는 자가 우선이었다. 심지어 매직 패드조차 성찬을 아예 리온으로 인식하고 있다.

마치, 누군가의 대용품이 된 듯한 기분.

성찬은 씁쓸함을 느끼며 입을 다물었다.

〈잠깐. 우선 나한테 손을 댄 상태에서 마법을 써. 나는 시간 역행의 영향을 받지 않게 해야 과거로 돌아간 후에도 내 기억이 유지되니까. 네게 직접 마력을 주입하려면, 지금까지 해온 것처럼 다른 차원에 본체를 두고 허상으로 머무르는 방법은 쓸 수 없다. 실제로 접촉을 해야 하거든.〉

"아, 응."

아스트라가 성찬의 왼쪽 어깨에 폴싹 올라앉았다. 무게는 거의 느껴지지 않았다. 성찬은 왼손을 뻗어 아스트라의 머리에 살짝 얹었다.

그는 그 상태에서 눈을 감고 정신을 집중하기 시작했다. 패드를 통해 익힌 대로, 체내의 마력을 시간 역행에 맞춰 배열하기 위해서였다. 시작이 반이라는 말도 있듯, 이게 가장 중요한 과정이었다.

'배열이 조금이라도 어긋나면 안 돼.'

이미 언급된 바 있지만, 마력 배열이 어긋나면 돌이킬 수 없는 부작용이 일어난다.

시간대가 어긋나는 건 애교 수준이었다. 엉뚱한 행성으로 날아가거나, 차원의 틈에서 영원히 죽지도 살지도 못하는 상태로 헤매게 될 수도 있다. 아무튼, 좋은 일이 생길 가능성은 제로라고 보면 된다.

성찬은 시간 마법을 전용 마법으로 삼은 덕에 '시간 정지'라는, 가히 섭리를 비껴가는 마법을 시동어만으로 연속 구현할 수 있게 됐다.

디아스티마의 다른 마법사들이 안다면 턱이 빠질 얘기였다. 그가 마법의 천재인 리온의 더블이었기에 가능한 일이다.

그러나 그런 그에게도 시간 역행과 시간 가속은 결코 쉽지 않은 일이었다. 부작용도 무섭지만 애초에 발동 자체가 어려웠다.

'마력을 최대한 세밀하게 운용하여 몸속에 회로도나 마법진을 그린다는 느낌으로 배열한다. 완성되는 순간, 그 마법진을 따라 마력을 흘려보낸다.'

이렇게 한 번에 흘려보내는 데 소모되는 마력의 양이 엄청났다.

지금의 성찬은 고작해야 한 시간 뒤로 돌아가는 게 한계였다.

아스트라만 믿고 도박을 해보는 것이다.

'어떻게든 해주겠지. 난 내가 할 수 있는 것에 올인하면 된다. 어차피 이대로 있다가는 다 죽을 판이니까.'

눈을 감고 정신을 집중하길 대략 오 분.

마침내 성찬이 체내 마법진을 완성하고 마력을 주입했다.

시간 역행!

시동어가 끝난 직후였다.

파앗!

눈부신 빛이 성찬을 휩쌌다.

빛이 사라진 뒤, 그는 약간의 허탈감을 느끼며 멍하니 서 있었다.

그가 느낀 허탈감은 마력이 급격히 소모된 데서 오는 현상이었다. 또 고도의 정신 집중 과정을 거친 까닭에 머리가 멍했다.

전투경찰 한 명이 픽 쓰러지는 광경이 눈에 들어왔다. 분명히 본 기억이 있는 장면이었다.

자연스레 데자뷰 현상이 일어났다. 그 모습을 본 순간, 성찬은 자신이 약 40초 전의 과거로 돌아왔다는 사실을 깨달았다.

'오, 됐다! 성공했어!'

무슨 일이든 첫 단추를 꿰는 게 제일 어렵다. 체내 마법진은 이미 그려져 있고 별 이상 없다는 것도 확인했으니, 이제 거기 소모되는 시간은 불필요했다.

순서에 따라 마력을 채워 넣기만 하면 되는 것이다. 주형을 만들고 쇳물을 부어넣듯이.

자, 김성찬. 이제 마구 활자를, 아니, 시간 역행 마법을 찍어내는 거다!

〈제법이군. 서둘러! 아직 끝난 게 아냐.〉

아스트라의 독려에 성찬은 퍼뜩 정신이 들었다.

시간 역행!

시간 역행!

시간 역행!

그는 연속으로 시간 역행 마법을 발동했다. 백삼십 번째 정도부터는 몇 번이나 발동했는지도 잊었다. 그러다 갑자기 눈앞이 아찔하더니 코피가 터졌다. 뜨끈한 액체가 코를 타고 사정없이 쏟아졌다.

마력이 급격히 소모되면서, 직접적으로 영향을 받는 심장과 뇌가 과부하를 견디지 못한 것이다. 엔진이 과열된 것과 같은 맥락이다.

이건 버티는 수밖에 없었다.

그 사이에 서울 광장의 풍경은 많이 바뀌어 있었다. 그 많던 전투경찰이 싹 사라져 한적했다. 시간 역행에 의해 두 시간 전으로 돌아간 까닭이다.

"큭!"

성찬이 코피를 철철 흘리면서 신음했다. 머리가 깨질 듯이 아프고 심장이 옥죄어 왔다.

정신없이 발동하다 보니 그의 한계를 넘어서서 마력 고갈 현상이 일어났다.

그때 어깨 부위에서 시원하면서도 짜릿한 기운이 흘러들어왔다.

점차 고통이 사라지더니 몸이 편해졌다. 아스트라가 마력을 주입한 덕이었다.

시간 역행을 구동하기 위한 순수 마력과 더불어, 치유 마법을 써준 게 분명했다.

〈아직 멀었다. 계속!〉

"으, 으응."

성찬은 다시 시간 역행을 거듭했다.

그러다 보니 코피는 저절로 멎었는데 새로운 문제가 생겼다.

마력은 충분하건만 어느 순간부터 정신적 피로가 극심해졌다.

머리가 깨지다 못해 조각조각 쪼개지는 것 같은 지독한 두통에 더해 삐 하는 이명까지 일어났다.

정신적으로 지치니 만사가 귀찮아졌다. 시간 역행이고 뭐고, 지구고 뭐고 다 포기하고 싶어진다.

견디다 못한 성찬이 앓는 소리를 했다.

"아, 아스트라. 잠깐만. 나 이러다가 죽을 것 같아. 일 분만 쉴게."

〈하여간 허약해 빠져가지고. 30초. 그 이상은 안 된다.〉

"40초."

〈……좋다.〉

"후우. 응. 고마워."

지금의 성찬에게는 단 10초의 휴식이라도 천금 같았다. 그가 잠시 숨을 돌리는데 갑자기 전화벨이 울렸다. 그는 힘든 와중에도 습관적으로 무심코 전화를 받았다.

"네. 김성찬입니다. 여보세요?"

전화를 받자, 울먹이는 어머니의 목소리가 들려왔다.

—성찬아! 이 일을 어쩐다니?

성찬은 가슴이 덜컥 내려앉았다.

"어, 엄마? 무슨 일이세요?"

—네 아버지랑 성주가 더위를 먹고 쓰러졌단다. 엄마는 아버지한테 가볼 테니까 네가 성주 쪽으로 좀 가볼 수 있겠니?

"……?"

성찬은 잠시 놀라고 어리둥절했다. 다 치료해서 집에 보낸 성주가 또 쓰러졌단 말인가? 게다가 이 묘한 기시감은 뭔지.

'아!'

그러다 문득, 이 통화가 오늘 아침에 이뤄졌던 거라는 사실을 깨달았다.

정말로 시간을 거슬러 올라가고 있다는 것을 한 번 더 실감했다. 그게 새로운 의욕을 불러일으켰다.

성찬은 대꾸하지 않고 전화를 끊었다. 쓸데없는 말로 어머니의 '과거'를 바꾸지 않기 위해서였다. 그리고 곧장 시간 역행을 거듭했다.

기다렸다는 듯, 아스트라의 마력이 다시 흘러 들어오기 시작했다.

'좋아, 고양아. 잘하고 있어.'

그는 시간 역행을 위해 아스트라의 마력을 사양하지 않고 물 쓰듯이 썼다.

처음에는 고통을 주던 그 행위는 점차 큰 쾌감으로 변했다.

뭐랄까, 속된 말로……. 정신적 자위라고 표현하면 될 듯했다.

성찬의 뇌는 더 이상 고통을 견디기 어려운 지경에 이르자, 뇌내 진통제인 엔돌핀을 분비하고 있었다.

그러다 성찬이 마법에 대해 새로운 진리를 깨달으면서, 엔돌핀 대신 다이돌핀이 분비되기 시작했다.

엔돌핀은 마약류로 분류되는 진통제 모르핀보다 약 200배 정도 강한 진통 효과가 있는데, 예술적으로 큰 감명을 받거나 진리를 깨달았을 때 분비된다는 다이돌핀은 그런 엔돌핀보다도 무려 4,000배나 강한 효과가 있었다.

그 느낌은 마치 뇌 속과 신체 내부를 깨끗이 씻어내는 듯했다. 모든 불순물이 마력이 타오름과 함께 태워지고 씻겨진다.

성찬이 거의 무아지경에 빠져 시간 역행을 반복하는데, 아스트라가 버럭 소리를 질렀다. 시간 역행과 역행의 사이, 빈틈을 절묘하게 찌른 순간이었다.

〈그만!〉

"헛!"

캐스팅을 멈춘 성찬이 주위를 둘러보았다. 어느새 주변이 캄캄해져 있었다.

〈이때다. 내가 처음으로 이상함을 느낀 시점. 머저리 네가 소주인지 뭔지 하는 알코올을 체내에 잔뜩 섭취하고 왔을 때지.〉

"어, 그게 그러니까……."

성찬은 당시 상황을 떠올리려고 애썼다. 기억은 나는데 실감이 나지 않았다. 시간을 정확히 가늠할 수가 없다고 해야 할까.

그가 이미 지나쳐 보낸 시간을 직접 접했기에 일어나는 현상이었다.

성찬이 고심하는 중에 문자가 왔다. 서 사장이 보낸 거였다. 그는 문자를 찬찬히 읽어보았다.

―둘 다 내일 출근은 걱정 말고 푹 쉬세요. 현우도 지쳤고 마침 진행 중인 공사도 없으니 금요일은 휴무입니다. 다음 주 월요일 오전에 나오시면 됩니다. 와봤자 사무실 잠겨 있을 테니 헛걸음 마시고.

'이건⋯⋯.'

이미 받은 적이 있는 문자였다. 성찬은 비로소 지금이 언제쯤인지 정확히 깨달았다.

'금요일 새벽!'

서 사장과 막 헤어진 후였다. 핸드폰의 날짜와 시각도 그때를 가리키고 있다.

어긋난 기억과 시간축이 일치하며 비로소 과거의 한 지점이라는 사실이 실감났다.

'그럼, 희영이는?'

이 무렵 그는 희영과 함께 택시 안에 있었다. 잔뜩 취한 그녀를 집에 데려다주기 위해서였다.

그러나 이제 '그 과거'는 사라졌다.

지금쯤 희영과 함께 있었어야 할 성찬이 서울 광장에 와 있기 때문이다.

즉, 과거가 바뀌었다.

'희영이랑 택시 안에 있었을 타이밍인데. 그러고 나서 내가 뭘 했더라?'

서 사장에 이어 희영에게서 문자가 온 것은 그때였다.

—오빠. 택시 태워줘서 고마워요. 그래도 조금 실망! ㅠㅠ 이렇게 취했는데 여자 혼자 태워 보내는 법이 어디 있어요? 다음에는 절대 그러지 말기예요. 그럼 월요일에 봐요! ·_·

성찬이 경험했던 과거에서의 그녀는 이런 문자를 보낸 적이 없었다.

그가 과거로 회귀함에 따라 새로운 시간이 기록되고 있었다.

그런데 자기 말로 취했다곤 하지만 절대 취한 사람이 보낸 문자가 아니었다. 오타는커녕 이모티콘 구사와 띄어쓰기까지 정확했다.

이때 희영은 분명 몸을 가누지 못할 정도로 취해서 성찬의 무릎을 베고 눕기도 하고, 하얀 가슴골을 드러내기도 했었다.

'허……. 잠깐만. 그럼 원래는 차 안에서 그게 다 연기였다는 거야?'

술자리 이후의 과거는 변화했지만, 그전까지는 완전히 동일하다.

성찬이 거기까지 회귀를 하지 않았기 때문이다. 그렇다면 희영이 술을 마신 양도 같다는 뜻이다.

'여자는 다 여우라더니.'

성찬은 혀를 내둘렀다.

아스트라가 그런 그의 귀를 콱 깨물었다. 봉제인형이라 이가 없어서 아프진 않았지만 깜짝 놀랐다.

"끄악! 왜 그래?"

〈1분 1초가 아까운 판에 뭘 멍하니 있어. 빨리 놈을 찾아야지. 다시 땅속으로 파고 들어가기 전에.〉

"아, 맞다. 알았어. 그런데 어떻게 찾지?"

한숨을 내쉰 아스트라가 말했다.

〈마력 파동을 감지해 봐. 놈의 마력이 어떤 느낌인지는 알거 아니냐. 이런 것까지 꼭 말로 해야 해? 나도 찾아볼 테니까.〉

"끙."

아까 강력한 열의 기운을 느끼긴 했는데, 그건 상대가 마력을 함부로 방출했기 때문이다. 그 느낌을 되살려 찾아낸다는건 결코 쉽지 않았다.

성찬은 빙계 마법사의 마력 파동을 재현했던 기억을 되새겼다.

'그 요령으로 하면 되지 않을까?

그가 걸음을 옮기기 시작하자, 잠시 지켜보던 아스트라는 다른 방향으로 날아갔다.

10분 정도 지났을까.

한동안 정신을 집중하고 주위를 돌아다니던 성찬이 문득 발걸음을 멈췄다.

"이건……!"

동시에, 어느 틈에 다가온 아스트라가 등 뒤에서 말을 걸었다.

〈너도 느꼈냐?〉

"응."

성찬의 목소리가 긴장으로 떨렸다.

"이런 느낌의 마력은 처음이야. 아니, 그래 봐야 아스트라 너까지 쳐서 이게 네 번째인가 그렇지만……."

이렇게 악의로 가득한 마력도 있을 수 있다니!

그것은 마력이자 열기이며 '분노'였다. 순수한 분노 그 자체.

분노가 훨훨 타는 불꽃처럼 성찬의 몸을 핥아대는 게 느껴졌다.

성찬은 분노의 근원지를 향해 시선을 주었다. 그와 아스트라의 전방 20미터쯤, 서울 광장 한편 구석에 한 소년이 서 있었다.

대략 네다섯 살 정도 되어 보이는 어린 소년이었다. 마력은 놀랍게도 그 소년으로부터 흘러나오고 있었다.

성찬은 멀리서도 소년의 얼굴에 가득한 증오를 알아보고 흠칫했다.

어린아이가 어찌 저런 얼굴을 할 수 있나 싶었다. 마치 악귀와 같은 얼굴이다.

물론 이 분노의 주체는 소년이 아니었다.

그의 안에 자리 잡은 이계의 마법사. 그가 지금의 세계, 정확히는 저주스러운 리온의 더블인 성찬을 향해 뿜어내는 분노인 것이다.

아스트라가 주의를 주었다.

〈머저리, 잊지 마라. 저 모습은 껍질일 뿐이라는 걸. 실제로 저 육체를 지배하는 건, 차원 이동으로 넘어온 무형의 마법사다.〉

알아, 안다고.

그러시겠지. 멀쩡한 사람의 몸을 마음대로 차지해서 농락하는 새끼들.

소년의 몸에서 쏟아지던 마력이 점차 형태를 갖추기 시작했다.

그러자 소년이 입고 있던 옷이 열기를 못 이기고 화악 불타올랐다.

"저런!"

성찬은 깜짝 놀라서 소년에게 달려갔다.

인간은 시각 정보에 가장 큰 영향을 받는다.

이성은 분명 적이라고 경고를 발하는데, 평화로운 대한민국의 청년으로 20년 넘게 살아온 습관과 감성이, 눈앞에서 불타는 어린아이를 구해야 한다고 외치고 있었다.

성찬은 차마 그 외침을 외면하지 못했다. 어리석은 행위라는 걸 알면서도.

〈쯧.〉

아스트라가 혀를 찼다.

〈경고하자마자……. 멍청한 녀석.〉

그런 멍청한 녀석이라서 버려둘 수가 없었다. 하얀 봉제 고양이의 몸에서 마력이 분출되어 성찬 쪽으로 뻗어갔다.

그보다 한발 앞서, 소년의 시선이 성찬을 향했다. 소년은 작은 입을 오물거리며 말했다.

"스메르츠 이스크라!"

얼핏 귀여운 옹알이처럼 들렸지만 여파는 엄청났다. 소년을 감싸고 있던 불길이 한 줄기로 뭉치더니 성찬에게로 발출되었다.

그 온도가 어찌나 높은지, 불줄기가 거의 파란색으로 변했다.

"헛!"

성찬이 소스라치게 놀라 멈춰 섰다. 불길과 성찬의 사이에 아스트라가 분출한 마력이 끼어들었다.

그 순간, 아스트라는 시동어를 발했다.

〈실드!〉

가장 기본적인 방어 마법, 실드.

마력을 방패의 형태로 만들어 공격을 막아내는 마법이다.

그러나 기본 마법 마스터인 아스트라의 실드는 그 강도가 일반적인 실드 마법과는 차원을 달리했다. 보통의 실드였다면 소년의 마법— '스메르츠 이스크라' 가 닿기도 전에 증발해 버렸을 것이다.

죽음의 불꽃이라는 의미 그대로, 스메르츠 이스크라는 그 초고온으로 인해 대부분의 물질을 태우기도 전에 증발시켜 버렸다. 그 대부분의 물질에는 심지어 마력조차도 포함된다.

범위가 다소 좁고 느린 대신, 화염 마법 중에서도 단일 공격력으로는 열 손가락 안에 드는 게 스메르츠 이스크라였다.

아스트라의 실드는 그런 스메르츠 이스크라를 견뎌낸 걸로도 모자라, 불꽃을 튕기며 방향을 바꿨다. 과연 기본 마법 마스터라 할 만한 실력이었다.

그럼에도 불구하고 성찬은 전신에 심한 화상을 입었다. 실드 너머로 전해지는 열까지 완벽하게 막아내지는 못했기 때문이다.

"으악!"

그는 고통에 몸부림치며 바닥을 뒹굴었다. 안구가 반쯤 증발하여 지글거리고 피부가 녹아내렸다. 의식을 잃어가는 그의 귓가에, 고통을 참는 듯한 아스트라의 목소리가 꽂혔다.

〈정신 차리고 다시 역행시켜!〉

말의 내용을 이해한다 해도 몸이 움직이지 않았다. 지나친 고통 탓이었다.

맨 정신으로는 배겨내기 어려울 정도의 격렬한 통증.

게다가 마력을 펼칠 만한 정신력도 고갈됐다.

그러는 사이 성찬의 몸은 빠르게 타들어갔다.

절체절명의 순간!

죽음의 위기를 감지하자 성찬의 뇌에서 브리스콜라가 분비되었다.

브리스콜라는 일반인에게는 없는, 마법사만의 특수 호르몬 물질이다.

어떤 상황에서도 냉정함을 유지하게 해주며 집중력과 마력 순환, 인식 영역을 순간적으로 몇 배나 높여서 위기를 극복하게 해주는 신비의 물질.

정확한 정체는 아무도 모른다. 디아스티마의 마법사들조차 몰랐다.

그저 뇌로 간 마력의 성질이 뇌 분비 호르몬과 합쳐져 변화한 것이라고만 알려져 있을 뿐이다.

성찬은 이전에도 이 브리스콜라 덕에 위기에서 벗어난 적이 있었다.

브리스콜라가 분비되자 일시적으로 통증이 가라앉고 정신이 들었다. 단 몇 초에 불과했지만 성찬에게는 천금 같은 시간이었다.

'내가… 나한테 무슨 일이 일어났던 거지? 눈이 안 보여!'

여전히 시력을 잃은 상태였기에 보통 사람이라면 패닉에 빠졌을 것이다.

성찬의 어깨에 와 닿은 아스트라의 앞발이 시간 역행에 필요한 마력을 주입했다. 마력이 체내에 들어오자, 성찬은 비로소 정신이 들었다.

'그래! 얼굴이 타들어가고……. 이건 치유 마법으로는 안 된다. 시간, 시간을 되돌려야 해. 이 일이 일어나기 전으로.'

성찬은 필사적으로 시간 역행 마법을 발동했다. 다행히 체내에 구성된 마법진은 여전히 건재했다.

"으으… 시간 역행!"

정신이 혼미했으나, 결국 마력을 배열시키는 데 성공했다. 주변의 공간이 일그러졌다.

"크으으……. 어어?"

신음하던 성찬이 얼빠진 소리를 냈다.

고통이 너무나 심하고 눈까지 안 보여서 꼼짝없이 죽을 거라고 생각했는데 어느새 화상이 말끔하게 사라져 있었다. 몸 여기저기를 살펴봐도 아무런 상처가 없었다.

하지만 그는 끔찍한 고통의 여운이 남아 있는 듯한 기분에 몸을 부르르 떨었다.

그러다 익숙하면서도 섬뜩한 기운을 느끼고 퍼뜩 고개를 들었다.

20미터 정도 앞에서, 이미 한 번 본 적 있는 소년이 마력을 뿜어대고 있었다.

이미 결코 잊을 수 없는 얼굴이었다.

그 얼굴을 보는 순간, 비로소 모든 일이 기억나고 상황 판단이 됐다.

스메르츠 이스크라에 당한 직후, 너무도 극심한 충격과 아픔에 순간적으로 기억을 잃었던 것이다. 뇌가 스스로를 보호하기 위해 작용한 결과였다.

아무리 브리스콜라가 분비됐다고 해도, 그 상태에서 시간 역행 마법을 제대로 쓴 건 아스트라의 마력과 목소리에 반응한 덕에 일어난 기적에 가까웠다.

〈두 번은… 실수하지 마. 멍청아.〉

아스트라가 힘겹게 말했다. 뒤를 돌아본 성찬은 화들짝 놀랐다.

"아스트라, 너!"

아스트라의 하얀 몸통의 앞다리 위쪽, 사람으로 치자면 어깨 부근이 시커먼 문양으로 덮여 있었다. 아스트라가 날카롭게 외쳤다.

〈집중해! 두 번은 실수하지 말라고 했지!〉

성찬은 이를 악물고 얼른 고개를 돌렸다.

'나 때문이야.'

적인 줄 뻔히 알면서도 겉모습에 흔들렸다. 그 탓에 아스트라가 성찬을 구하기 위해, 결국 전투에 직접적으로 개입하게 되었다.

그 대가로 아스트라를 금제하고 있는 문신 마법이 발동했다.

성찬은 소년의 형상을 한 적을 노려보았다.

진짜 소년은 이미 죽은 거나 마찬가지.

이계의 존재에게 육체를 빼앗긴 아이의 복수를 해주는 거다.

저건 허깨비다. 소년의 껍질을 덮어쓴, 악독한 이계의 마법사다.

저걸 놔뒀다간 나도 죽고 서울시의 모든 사람이 48시간 이

내에 죽는다.

그는 속으로 이렇게 필사적으로 되뇌었다. 스스로의 마음을 다잡기 위한 세뇌였다.

슈르르르르

그사이, 소년의 몸을 덮은 마력이 불길의 모양을 만들어갔다.

그 후에는 무슨 일이 일어날지 성찬은 잘 알았다. 더 뜨거워져서 접근할 수조차 없게 되기 전에 모든 걸 끝내야 한다.

시간 정지!

소년의 움직임이 우뚝 멈췄다.

심지어 그의 몸에서 솟아나던 불꽃까지 너울거리던 형태 그대로 정지했다. 열기는 그대로지만 더 커지지는 못할 터였다.

굳이 직접 손을 쓰지 않아도, 성찬은 소년의 육체를 파괴할 수 있는 마법 한 가지를 익히고 있었다. 소년의 미간을 향해, 그가 오른손 검지를 뻗었다. 그리고 메마른 목소리로 중얼거렸다.

"미안하다."

파앗!

성찬의 손가락에서 응축된 백색의 빛줄기가 소년에게로 날아갔다. 그가 가진 몇 안 되는 공격 마법 중의 하나, 백열파였다.

본래 시전자가 가진 물리력의 세 배 정도 되는 위력을 발휘했으나 성찬의 그것은 특별했다.

파삭!

소년의 머리가 부서지는 소리는 그리 크지 않았다.

목 아래로 몸뚱이만 남은 소년이 스르르 무너져 내렸다. 그 모습을 보며, 성찬이 한 번 더 중얼거렸다.

"미안하다."

제3장
마법에 익숙해지다

성찬이 브레이커를 쓰러뜨림과 동시에 시간 정지가 풀렸다. 아스트라가 멍하니 서 있던 성찬을 채근했다.

〈잘했다. 이제 어서 이 자리를 피하자.〉

"어?"

사람을, 그것도 어린아이를 죽인 충격에서 미처 벗어나지 못한 성찬이 멍청하게 반문했다.

〈여길 뜨자고. 이 세계의 법에 의하면, 다른 사람의 생명을 빼앗은 자는 이유를 막론하고 무거운 벌을 받는다면서? 디아스티마였다면 정당방위, 아니, 영웅 면책까지도 적용될

텐데.〉

"으응……."

그래도 성찬의 시선은 소년의 사체에서 좀체 떨어지지 못
했다.

영웅 면책 어쩌고 하는 생소한 단어는 귀에 들어오지도 않
았다.

죽은 소년의 몸에는 성찬의 지문도, 흉기의 흔적도 남지 않
았다.

멀리 떨어진 곳에서 마력 덩어리를 날려 죽였으니 당연한
일이었다.

경찰이나 국과수에서 소년의 죽음에 대해 알아낼 수 있는
정보는, 그저 뭔가에 의해 머리가 통째 부서져 죽었다는 사실
이 유일할 것이다.

이 전까지 성찬과 소년은 접점이 전혀 없었다. 뿐만 아니라
흉기도, 동기도, 목격자도 없다. 시간이 멈춘 상태에서 마력
을 이용해 손을 썼기 때문이다.

즉, 이대로 여길 떠나면 성찬에게 혐의가 돌아오는 일은 벌
어지지 않을 것이다.

'하지만 시신조차 묻어주지 못하고……. 난 이걸로 괜찮은
걸까?'

성찬은 자신에게, 자신의 양심을 향해 반문했다.

아스트라의 설명과 논리대로라면, 디아스티마에서 넘어온 인트루더에게 육체를 빼앗김과 동시에 소년의 혼은 사라졌다.

기억과 마음이 모두 다른 존재의 것으로 바뀌었으니 그 시점에서 소년은 이미 죽은 것과 마찬가지였다.

하지만 그렇다 해도, 멀쩡히 살아 있던 그 육체의 생명을 빼앗은 건 성찬 자신이었다.

다른 혼이 들어간 상태이니, 소년을 죽이지 않았다고 할 수 있는 걸까?

아니면 죽였다고 인정해야 할까?

지금쯤 소년의 가족과 지인들은 저 아이를 애타게 찾고 있지 않을까?

성찬은 해결되지 않는 죄책감과 의문을 곱씹으며 마지못해 걸음을 옮겼다.

사실, 무엇보다 그가 제일 두려운 건 바로 자기 자신이었다.

겉모습은 분명 평범한 소년일 뿐인 상대를 죽였는데도, 놀랄 정도로 회복이 빠르고 동요하지 않게 된 자신의 마음이 걱정되는 것이다.

'나, 뭐로 변해가는 거지?'

그에게서 풍겨 나오는 음울한 오라를 느낀 아스트라가 말했다.

〈또 뭔가 음침한 생각을 하고 있군. 이제 익숙해질 때도 되지 않았어?〉

성찬이 불쾌한 표정을 지었다. 아스트라와 대면한 이래 처음 있는 일이었다. 어떤 폭언과 비꼼에도 늘 웃어넘기던 그였다.

"익숙해지다니. 그게 무슨 소리야? 난 살인마가 아니라고."

성찬의 반응에 아스트라도 정색하고 진지한 투로 말을 이었다.

〈살인마라니. 스스로를 그런 식으로 생각하고 있었나? 혹시 이쪽 세계에서는 군인이 전쟁터에서 적군을 죽이면 살인마라고 처벌하나?〉

"그, 그렇진 않지만……."

〈항복한 적군이나 포로, 혹은 적국의 민간인을 죽였다면 살인이 되고 처벌을 받겠지. 내가 공부한 바에 의하면 히틀러라는 인간이 그런 짓을 해서 아직까지도 악명을 떨친다더군.〉

히틀러까지 알고 있냐?

〈그러나 너하고는 상황이 전혀 달라, 머저리. 잊지 마라. 넌 지금 인트루더들과 전쟁 중이라는 것을. 공식적으로는 알

려지지 않은 전쟁이긴 하지만.〉

"전쟁……."

〈그 아이는 그냥 운이 나빴던 거야.〉

성찬은 여전히 완벽하게 납득하긴 어려웠다. 이 전쟁은 사람들에게 인정받지 못한 전쟁이다. 성찬 혼자만의 것이나 마찬가지이기 때문이다.

이제 이상 기온의 발생으로 많은 사람이 죽는 미래는 없을 거라는 게 그나마 위안이 됐다.

대의를 위한 작은 희생. 사실 이 말은 성찬이 매우 싫어하는 거였다.

순간, 문득 한 가지 끔찍한 생각이 성찬의 뇌리를 스쳤다.

만약, 만약 그런 인트루더 중 하나가 성찬이 잘 아는 사람의 육체를 차지한다면?

예를 들어 희영이라거나 부모님, 여동생 성주 혹은 남동생 성진이……. 그때도 대의를 위해, 더 많은 사람을 살리기 위해서 그들을 희생시킬 수 있을까?

생각하던 성찬은 고개를 세차게 흔들었다.

'내가 무슨 생각을. 재수없게.'

말이 씨가 된다고 했다. 불길한 상상은 아예 하고 싶지 않았다.

영원과도 같은 긴 새벽이 가고, 어느새 해가 떠오르고 있었다.

시간 역행 마법을 사용하여 힘겹게 브레이커를 처치한 성
찬은 서울 광장을 떠나 집으로 돌아왔다.

어머니가 반가이 그를 맞이했다. 예전에 밤새 게임을 하다
가 방에서 나왔을 때와는 반응이 천지차이였다.

"어서 오너라. 그런데 첫날부터 이 시간까지 일을 시키
든?"

"신입사원 환영회를 해서요."

"너 아침에 나갈 때 그런 옷 입고 있었니?"

역시, 어렴풋이 기억에 남아 있는 대화였다.

"네, 뭐…… 저 피곤해서 좀 잘게요. 내일 회사 쉬니까 깨
우지 마시고요."

성찬은 피곤하다는 말로 대충 얼버무렸다.

"오냐. 알았다."

어머니는 흡족한 표정으로 답했다. 하긴, 아들이 번듯한 직
장에 출근해서 밤새 사회생활을 하다 왔는데 그깟 옷이 좀 달
라 보이는 게 대수겠는가.

어머니. 사실 저는 지구를 구하고 왔답니다.

자신의 방에 돌아온 성찬은 옷도 갈아입지 않고 침대 위에
그대로 엎어졌다.

심각하던 부상은 시간 역행과 동시에 말끔히 없어졌지만 정신적인 피로는 여전했다.

　이는 쉽게 회복되지 않는 성질의 것이었다. 한동안 묵묵히 엎드려 있던 그가 중얼거렸다.

　"아스트라. 나 잘하고 있는 거지?"

　〈…….〉

　"아스트라?"

　성찬이 고개를 들고 방 안을 두리번거렸다. 서울 광장 앞에서 택시를 잡아탈 때까지만 해도 옆에 있던 아스트라는 어느새 사라져 버린 후였다.

＊　　　＊　　　＊

　같은 시각, 디아스티마에 있는 모종의 장소.

　벽은 물론이고 천정과 바닥까지, 온통 티끌 하나 없는 흰색으로 도배된 사각의 방이다.

　방 한쪽에 놓인 침대도 역시 순백색이었다. 알 수 없는 재질로 된 침대 틀과 매트리스부터 이불까지, 모두 흰색 일색이다.

　그런 백색 침대 위에 누워 있던 가냘픈 체구의 소녀가 신음을 흘렸다.

"으윽……."

나이는 대략 18세 남짓. 성찬의 여동생인 성주와 비슷한 또래로 보였다.

금발에 녹색 눈동자, 그리고 대리석처럼 흰 피부를 가진 아름다운 소녀였다.

그렇기에, 그녀의 왼쪽 어깨에서 시작되어 손등까지 내려오는 기괴한 모양의 문신은 더욱 도드라져 보였다.

소녀가 문신에서 전해져 오는 고통에 신음할 때였다.

문득 침대 맞은편의 흰 벽 가운데가 양 옆으로 스윽 열렸다. 이어서 열린 벽을 통해 한 남자가 방 안으로 들어왔다.

갈색 머리카락과 갈색 눈동자를 가진, 일견 평범해 보이는 외모의 사내였다.

그는 디아스티마에서는 흔한 복장인 후드 달린 로브로 온 몸을 감쌌다.

겉보기에는 사내와 마찬가지로 평범할 따름인 로브지만, 사실 그 위력과 가치는 돈으로 환산하기 불가능한 물건이었다.

'타락천사의 날개' 라는 로브의 이름만 들어도 눈이 뒤집힐 마법사가 무수했다. 평생 도덕적으로 살아온 마법사라 할지라도, 이 타락천사의 날개를 차지할 수 있다면 살인이라도 불사할 정도였다.

이 로브는 갈색 머리카락의 청년이 마법사, 그중에서도 엄청난 고위 마법사라는 표시였다.

만약 사내의 머리카락과 눈동자가 검은색이고 피부가 좀 더 황색 톤을 띤다면, 그의 생김새는 성찬과 판박이였으리라.

하지만 쌍둥이처럼 닮았음에도 불구하고 둘 사이의 연결고리를 찾기는 쉽지 않았다.

그에게서 풍기는 분위기가 성찬의 그것과는 너무도 다른 까닭이었다. 분위기만으로 사람은 그토록 달라 보일 수도 있는 것이다.

성찬이 온화하고 따뜻한 분위기를 가졌다면, 사내는 차갑고도 위압적이었다.

그런 한편 럭비공마냥 어디로 튈지 모르는 불안한 기색을 동반했다.

한마디로 정리하자면, 생각할 수 있는 가장 위험한 느낌을 주는 남자였다.

사내를 본 소녀가 중얼거렸다.

"리온."

리온이라 불린 사내가 다소 과장된 동작으로 양팔을 벌렸다.

"아스트라. 고마워. 이번에도 잘 처리했더라."

분위기와는 달리 천진한 어조로 말한 리온이 침대 위, 소녀의 옆에 털썩 앉았다.

그가 손을 뻗어 소녀―아스트라의 왼편 어깨를 아무렇지 않게 쓰다듬었다. 아스트라는 눈살을 찌푸렸지만 굳이 피하진 않았다.

리온이 사뭇 측은하다는 투로 속삭였다.

"문신이 커져 버렸네. 어쩌다 이렇게 된 거야? 네가 직접 개입하지 않고서는 안 될 정도로 위급했어? 그 녀석, 나의 더블인데도 불구하고 실력은 별로인 모양이네."

"……."

"죽여 버릴까? 아니지, 참. 그 녀석이 죽으면 나도 죽으니까."

장난스럽게 말하던 리온이 갑자기 왼손 엄지와 검지를 딱 소리 나게 튀겼다.

그러자 그때까지 열려 있던 벽 쪽에서부터, 별안간 한 인영이 끌려오듯 날아와 방 가운데의 허공에 사지를 벌리고 고정됐다.

마치 채집되어 핀이 꽂힌 곤충 같은 꼴이었다. 리온에게 끌려온 침입자는 강퍅하고 차가워 보이는 외모를 가진 중년의 남자였다.

그 차가운 얼굴이 공포로 인해 더욱 굳어 있었다. 리온은 생글생글 웃으며 말했다.

"어, 보자. 그러니까… 접착학파에서 온 분이네?"

놀란 침입자가 자기도 모르게 신음을 흘렸다.

"어, 어떻게 그걸……."

리온이 손을 뻗자, 침입자의 얼굴 전체가 앞쪽으로 쭈욱 늘어났다. 그가 비명을 질렀다.

"끄아악!"

그러거나 말거나, 리온은 새로운 장난감을 얻은 아이처럼 열중했다.

그는 아무것도 없는 허공에서 악기를 연주하듯 왼손을 리드미컬하게 움직였다. 사내의 얼굴 피부 전체가 점점 더 앞쪽으로 당겨졌다.

리온이 자못 감탄한 투로 말했다.

"과연 접착 마탑! 나의 중력 마법에 이 정도로 저항하다니. 그런데 계속 저항하다가는 얼굴 가죽이 통째로 뜯겨 나갈 텐데?"

"크으으……. 이 악마 같으니."

고통에 겨워하던 침입자가 입을 오므리더니 리온을 향해 침을 뱉었다.

"퉤!"

단순히 모욕을 주기 위한 게 아니었다.

입 밖으로 나온 침은 그대로 하나의 줄처럼 연결되어 뻗어

나갔다.

리온이 서 있던 자리에서 순식간에 사라졌다가 다시 나타났다.

일시적으로 사라진 것처럼 보이지만 사실은 그가 너무도 빠른 속도로 움직였기에 일어난 현상이었다.

사내가 내뱉은 침은 리온을 맞추지 못하고 헛되이 바닥에 떨어졌다.

그 바람에 침입자는 입과 바닥이 반투명한 끈으로 연결된 것 같은 모양새가 됐다. 그 점성으로 보아 보통 침은 아닌 게 분명했다.

"더럽게시리……. 끈끈이 침 마법? 비장의 한 수가 고작 이거였어?"

냉소한 리온이 손을 움직였다. 그 움직임에 따라, 침입자의 고개가 뒤로 홱 젖혀졌다.

바닥에 깔린 흰색 타일이 '침의 끈'에 붙은 채 우드득 하고 딸려 올라왔다.

"으으으윽!"

침입자의 혀가 금세라도 뽑힐 것처럼 늘어났다. 침의 끈 끝부분이 혀에 연결되어 있었던 것이다.

리온은 고작이라고 표현했지만, 일정 경지 이상 오른 접착학파 마법사의 '끈끈이 침' 마법은 우스꽝스러운 명칭과는 달리 무서운 위력을 자랑했다.

공기와 접촉하는 순간부터 점착성을 갖게 되는 침은 일단 한 번 붙으면 절대 떨어지지 않고 탄력과 경도가 강해서 끊기도 어려웠다. 얼굴에 붙기라도 하면 질식사하는 수밖에 도리가 없었다.

상대가 괴로워하거나 말거나, 리온은 태연히 계속 말을 이었다.

"접착학파. 접착 마법에 특화된 마법사들의 단체. 뭐든지 붙이는 일만 생각하는 또라이들. 심지어 빛과 어둠, 불과 물을 붙여보려고 몇 백 년째 애쓰고 있는 원로들도 있다지."

"으으… 으으으윽!"

"괴롭나? 크큭. 하긴 마법사들은 기본적으로 다 또라이긴 하지만. 접착학파의 마법에서 일정 경지에 오르면 침과 눈물, 땀 등 인체에서 분비되는 모든 액체를 강력한 경화성 접착제로 변이시킬 수 있지. 나중에는 그런 액체를 몸 밖으로 뿜어내서 원하는 목표물에 붙일 수도 있고."

줄줄 읊던 리온이 아스트라에게 생긋 웃어 보였다.

"미안. 너도 다 아는 내용이라 지루했겠구나? 그러고 보니 아스트라. 네가 최근에 가져다 준 평행 차원의 정보들 가운데, '영화'라는 오락에 이런 비슷한 놈이 나오지 않았어? 빨갛고 파란 가면을 쓰고 다니던……"

아스트라가 고통을 억누르고 힘겹게 답했다.

"스파이더맨?"

"맞아, 그거. 하하. 좀 차이가 있긴 하지만 끈적이는 줄을 뿜어내는 것만은 꼭 닮았네."

휙!

리온이 아무 예고도 없이, 왼손을 세차게 자신의 명치 쪽으로 당겼다. 그러자 침입자의 얼굴 가죽이 뚜둑 하고 뜯겨져 나갔다.

비명과 함께 피가 튀겼다. 그 아래에서는 전혀 다른 인상의 새로운 얼굴이 나타났다.

가짜 얼굴 가죽이 뜯어지면서 피부가 일부 떨어져 나갔으나 외모를 구분하기에는 충분했다.

"이렇게 가면을 쓰고 다니는 것도 비슷하고 말이야. 하긴, 정면으로는 대결할 용기가 없을 테니까."

리온이 침입자를 조롱했다. 침입자는 얼굴에서 피를 흘리며 분노에 찬 괴성을 질렀다.

"크아아아악!"

그러자 타일에 붙어 그의 입속으로 연결되어 있던 침의 끈이 뚝 끊어졌다. 그와 함께 혀 일부도 잘려 나갔다.

대신, 허공에서 양쪽으로 활짝 편 자세가 된 양손의 손톱 부위에서 피가 솟구치더니 그대로 기화, 붉은 안개가 되어 일제히 리온을 덮쳤다.

피의 안개가 한 사람을 목표로 너울거리는 광경은 섬뜩하면서도 장관이었다.

"리온!"

놀란 아스트라가 고통을 무릅쓰고 벌떡 상체를 일으켰다.

침입자가 전개한 것은, 접착 마법사들의 궁극 마법인 '혈액 접착제'였다.

몸 밖으로 쏴낸 여러 줄기의 피 분수 중에서 한 방울이라도 닿는 순간, 접착의 성질을 머금은 핏방울이 피부를 통해 침투한다.

그렇게 되면 몇 분 안에 체내의 피가 모두 단단하게 굳어져 사망하게 되는 무서운 마법이었다.

더구나 피를 '기화'하여 뿜어내는 까닭에, 좁은 실내에서라면 피하기가 거의 불가능했다.

대신 시전자 자신도 과다출혈로 사망하거나 의식을 잃는 부작용이 있는 탓에, 접착학파 내부에서도 많이 쓰이지는 않았다.

즉, 침입자는 자신의 죽음을 각오하고 마법을 펼친 것이다. 오직 리온을 제거하겠다는 집념 아래.

"혈액 접착제라……. 생각보다 경지가 높은 놈이었군. 하지만 발전이."

말과 함께 사라진 리온이 곧 그 자리에 다시 나타났다.

"없어."

촤촤촤악!

리온이 사라진 틈에 피 분수가 사방으로 비산했다.

"게다가 지저분하기까지."

말을 마친 그는 왼손을 주먹 쥐듯 꽉 움켜쥐었다. 그러자 비산하여 기화하려던 핏줄기들이 채 흩어지지 못하고 둥글게 뭉쳤다.

침입자가 눈을 부릅떴다. 열 갈래의 핏줄기는 각각 열 개의 붉은 구슬이 됐다.

"이럴 수가……. 이 악마!"

혀 일부가 잘려서 어눌하게 들리는 그 말이 침입자가 남긴 마지막 말이 됐다.

왼손으로 핏줄기를 뭉쳐 버린 리온이 처음으로 오른손을 사용했다. 천천히 들어 올려 힘껏 주먹을 쥔 것이다.

순간, 침입자는 눈 깜짝할 사이에 온몸이 짜부라 들더니 리온의 주먹만 한 크기가 되어버렸다. 핏줄기들이 그랬듯, 육체가 한순간에 구슬처럼 변했다.

인력 포인트를 침입자의 몸 가운데 지정해 놓고 극대화시킨 결과였다.

리온이 상대의 명치 어림에 만들어낸 간이 블랙홀이 그 자신을 끌어당겨 압축시킨 것이다.

근육과 뼈, 피 그리고 내장까지 인간의 육체를 구성하는 모든 것이 주먹만 한 구슬의 형태로 똘똘 뭉쳤다.

이게 금기 마법 중의 하나인 '중력 마법' 의 위력이었다.

인간의 육체는 물론이고 액체, 심지어 공기까지도 끌어당겨 뭉쳐 버린다. 단순히 짓누를 수도 있고 반대로 날려 보낼 수도 있다.

설령 중력이 존재하지 않는 우주라 해도, 초소형 블랙홀을 생성하는 방식으로 전개가 가능하다.

잔혹한 광경에 아스트라가 눈을 질끈 감았다. 조금 전까지 인간이었던 '고기 구슬' 을 손에 쥔 리온이 천연스레 말했다.

"왜 그래? 아스트라. 이런 모습 한두 번 본 것도 아니잖아."

"…네 악취미는 아무리 봐도 적응이 안 돼. 그보다, 그 사람이 추적해 오는 거 알고 있었을 거 아냐. 알고서 일부러 유인한 거야?"

"설마. 네 은신처를 공개할 정도로 내가 무신경하겠어? 넌 평행 세계를 통한 나의 암살을 막을 수 있는 유일한 친구이자 동료인데."

말하는 리온의 입꼬리가 올라갔다.

"친구?"

한 마디 말 끝에 잠자코 그를 노려보던 아스트라의 형상이 서서히 흐려지더니 이윽고 사라졌다.

리온은 그녀가 완전히 사라질 때까지 눈도 깜빡이지 않고 응시했다.

"벌써 평행 세계로 가버린 거야? 문신 마법의 저주 때문에 힘들 텐데. 좀 더 쉬지."

혼자 중얼거리던 리온이 손에 쥔 고기 구슬을 힘껏 내던졌다.

"하긴. 넌 언제나 모범생이었으니까. 해야 할 일을 남겨두고선 마음 편히 쉬지 못했지."

퍼석!

고깃덩어리가 흰 벽에 부딪쳐 흉하게 터졌다. 그 서슬에, 때마침 방으로 들어오던 파란색 머리카락의 여인이 움찔 놀라 멈춰 섰다.

머리카락이 그대로 파도가 된 것처럼 기이하게 일렁이는 여자였다. 헐렁한 로브로도 그녀의 풍만한 몸매를 다 가리진 못했다.

머리카락과 똑같이 투명한 파란색이라 차가운 느낌을 주는 눈동자만 아니라면, 절세의 미인이라 칭해도 부족함이 없었다.

아스트라가 청초한 느낌의 미소녀라면 이 여인은 얼음 여

왕이라 할 만했다. 그녀는 리온의 눈치를 보며 조심스레 입을
열었다.

"무슨 일이라도 있었습니까? 리온님."

"카산드라."

말하는 리온에게서 지독한 살기가 뿜어져 나왔다. 카산드
라라 불린 여인은 자기도 모르게 바짝 긴장해서 답했다.

"넷!"

"접착학파의 마탑을 부수고 놈들의 존재를 지워라. 사흘
내로."

"네?"

파란 머리카락의 미녀—카산드라의 얼굴에 살짝 난감한
빛이 스쳤다.

접착학파는 접착을 추구하는 이상한 자들의 모임이지만
어차피 디아스티마의 마법은 대개 그런 식이었다. 뭔가 하나
의 마법에 꽂힌 자들이 모여서 연구를 거듭하다 보니 학파를
이룬 것이다.

이 외에도 식물학파, 모래학파, 연기학파, 몬스터학파 등,
이루 다 열거하기 어려울 정도로 다양한 마법 학파들이 존재
했다.

그런 학파들이 생성되는 데 걸리는 시간은 짧아도 4~50년
이상이었다. 설령 먼지나 배설물에 대해 연구했다 해도, 한

분야에 수십 년간 축적된 마법적 지식은 결코 무시할 게 못 되었다.

게다가 접착학파는 제법 상대하기 까다로운 적이었다. 상대하는 자가 일정 수준 이상의 실력을 갖지 못했다면, 온갖 형태로 발사하고 뿜어내는 분비물에 한 번 닿는 순간 끝이라 봐야 했다.

단순히 행동이 제한되는 걸 넘어서서, 아예 그 부분을 잘라내야 하는 경우가 대부분이었기 때문이다.

팔에 들러붙으면 팔을, 다리에 묻으면 다리를 자를 수밖에 없다.

그러다 옆구리나 가슴에라도 묻는다면?

이는 곧 죽음을 의미했다. 즉, 치열한 전투 내내 상대의 타액이나 땀, 피 한 방울 묻히지 않도록 신경을 써야 하는 것이다.

카산드라의 대답이 늦어지자 리온의 기세가 한층 험악하게 변했다.

"카산드라. 지금 못 하겠다는 거냐?"

"아, 아닙니다! 바로 이행하도록 하겠습니다. 저, 그런데 염마왕(炎魔王)과 협력하면 안 될까요?"

잠깐 생각하던 리온이 콧등을 긁었다.

"흥. 약해빠진 녀석. 좋을 대로 해."

"감사합니다."

카산드라는 안도의 한숨을 내쉬었다.

온 디아스티마를 통틀어, 그녀를 약해빠진 녀석이라 할 수 있는 자는 오직 리온이 유일했다.

그녀는 리온이 한 말에는 개의치 않았다. 자신이 실제로 약하지 않았기에 더 초연할 수 있었다.

뿐만 아니라 그는 그런 말을 할 자격이 있는 사람이었다. 그보다 어떻게 염마왕 이그니스를 구스를 것인지가 중요했다.

리온의 명령이라면 따르기야 하겠지만, 그로부터 직접 명을 받아낸 게 아니기에 함부로 말할 수는 없었다.

'염마왕 이그니스와 그의 수하들이라면 큰 도움이 되겠지. 접착학파의 상극은 화염계 마법사들이니. 물론 어정쩡한 화염 마법으로는 턱도 없지만……'

리온의 휘하에는 그의 강함에 반하여, 혹은 이상에 공감하여 충성하는 다섯 명의 대마도사가 있었다.

그들 각각은 고대 동방의 언어로 된 별호를 가졌다. 디아스티마의 사람들이 두려움과 동경, 혹은 경멸을 담아 붙인 것이다.

수계와 빙계 마법이 특기인 빙마녀(氷魔女) 카산드라.

불과 폭파 마법에 통달한 염마왕 이그니스.

빛 마법의 달인, 광마(光魔) 스벤.

전투 마법의 일인자, 투마인(鬪魔人) 센토우.

마지막으로 금속 마도사인 금공작(金公爵) 오릭토!

이들 5인을 통틀어 '펜타마고스'라 칭했다.

각자 상성이 있었기에 이들 사이에서는 딱히 서열이 없었다. 기본적으로 평등한 권한을 가졌다.

이 5인에 더하여 기본 마법 마스터, 순백의 아스트라가 리온의 부탁으로 합류한 건 비교적 최근의 일이었다.

듣기로 어릴 때부터의 소꿉친구라고 했다. 그러나 카산드라는 여성 특유의 직감으로 둘 사이에 감도는 미묘한 기류를 눈치채고 있었다.

"그러고 보니 무슨 일로 온 거지? 여긴 쓸데없이 찾아오지 말라고 했을 텐데."

"이것을……."

카산드라가 품에서 한 장의 서신을 꺼내어 내밀었다. 마법 통신이 보편화된 세계지만, 절대 보안을 요할 때는 오히려 이런 고전적인 방법을 쓰기도 했다.

"그럼 물러가 즉시 임무를 수행하겠습니다."

카산드라가 방에서 나간 후에도 리온은 한동안 뚫어져라 서신을 바라보고 있었다. 그렇게 미동도 하지 않던 그가 마침내 입을 열었다.

"…때가 다가오고 있다."

촤아악!

그의 손에서 떠오른 서신이 가루가 되다시피 하여 사방으로 흩어져 사라졌다.

"놈이 그때까지 버텨주기만 한다면."

＊　　　＊　　　＊

디아스티마의 평행 우주인 지구.

그중에서도 대한민국은 지극히 작은 부분이었다.

세계 곳곳에서 폭염, 한파, 폭설 등 이상 기후가 발생하는 가운데, 대한민국은 아직까지 비교적 평온했다. 국민들의 관심은 기후보다는 다가오고 있는 대통령 선거와 그 이후의 변화에 쏠려 있었다.

만약 성찬이 열 마법을 쓰는 브레이커를 쓰러뜨리지 못했다면, 정치 대신 기후가 최고의 관심사가 됐을 것이다. 수도권 일대를 지옥 같은 폭염이 뒤덮어 사상 초유의 사망자가 발생했을 테니까.

그러나 성찬이 과거로 돌아가서 브레이커를 제거하여, 결과적으로 비정상적인 폭염은 없던 일이 되었다. 성찬의 기억 속에만 남은 사건이 된 것이다.

'하지만 폭염으로 난리가 났던 지구는 다른 차원에 여전히 존재한다는 거 아닌가? 가만, 지구의 평행 우주는 디아스티마 잖아? 뭐가 어떻게 된 거람.'

성찬은 평행 우주에 대한 것만 생각하면 골치가 아팠다. 사실 몰라도 큰 상관은 없는 문제였지만 어쩐지 찜찜했다. 그는 아스트라가 돌아오면 이 문제에 대해 제대로 물어봐야겠다고 마음먹었다.

'그러고 보니, 이 녀석. 대체 어떻게 된 거야? 갑자기 사라져서는. 통신도 안 되고…….'

정치에 별 관심이 없는 그가 현재 제일 신경 쓰이는 문제는 아스트라에 대한 거였다. 며칠 전 아스트라가 말도 없이 사라진 후, 인트루더들의 침입도 잠시 소강상태를 보였다.

덕분에 모처럼 만에 쉴 틈이 났지만 아스트라가 계속 보이지 않는다는 게 자꾸 신경이 쓰였다.

'뭐, 곧 돌아오겠지. 예전에도 어디론가 사라졌다가 갑자기 나타나곤 했으니. 어디서 또 지구의 문물에 대해 학습하고 있는 게 아닐까?

처음에는 맘 편히 생각하던 성찬은 꼬박 이틀이 지나도 아스트라가 보이지 않자 조금씩 걱정이 되기 시작했다. 매직 패드 루나를 이용해 계속해서 접속을 시도해 봤지만 거부당했다는 답변만 돌아올 뿐이었다.

그러는 사이에 월요일 아침이 됐다.

어쨌거나 그는 주말 이틀간 모처럼 꿀맛 같은 휴식을 취했다.

그리고 새로운 한 주가 시작되자 다시 출근 준비를 서둘렀다.

"그럼 다녀오겠습니다."

성찬은 가벼운 점퍼를 걸치고 현관으로 향했다. 어머니가 그를 따라 나오며 습관처럼 잔소리를 했다.

"점퍼는 왜 입었니? 창고 거기는 냉방도 안 될 텐데."

잔소리는 이제 어머니와 한 쌍인 상징 같은 거였다.

그녀가 늘 쓰는 화장품의 냄새처럼, 어머니를 떠올릴 때 거의 동시에 떠오르는 그런 요소들 중의 하나였다. 그 잔소리가 어머니 나름의 아들에 대한 애정 표현이었다.

"일할 때 주머니 있는 옷이 필요해서요."

"가뜩이나 힘쓰는 일인데 덥겠구나."

염려하며 따라 나오던 어머니가 갑자기 휘청했다. 바닥에 굴러다니던 빈 병을 밟은 것이다.

"어이쿠!"

어머니의 비명에 놀란 성찬은 몸을 돌림과 동시에 시간 정지를 발동했다.

그 스스로는 미처 의식하지 못했지만 그 과정이 물 흐르듯 자연스럽게 이뤄졌다. 대략 만 분의 일 초 단위의 오차로 시간이 정지했다.

어머니의 몸이 뒤로 크게 젖혀진 상태에서 허공에 멈췄다.

그는 혀를 차며 어머니의 등 뒤로 가서 받쳐 부축할 준비를 했다.

'큰일 날 뻔했네.'

시간 정지가 풀리자 어머니는 질끈 감았던 눈을 뜨며 어리둥절한 표정을 지었다.

넘어지는 순간 꼼짝없이 크게 다치겠다고 생각했는데, 분명 앞에 있던 아들이 어느새 등 뒤에서 자신을 부축해 주고 있는 게 아닌가.

"엄마. 괜찮아요?"

"어? 으응, 그래. 너 언제 그리로 가서 날 붙들었냐?"

"지금. 엄마가 넘어지면서 눈을 감아서 못 본 거지 뭐. 또 내가 원래 한 날렵하잖아요."

어머니는 성찬의 대충 둘러댄 말을 깊이 생각하지 않고 넘어갔다. 평소에 느릿해 보이기만 하던 아들은 유사시에는 누구보다 날렵한 게 분명했다.

"아무튼 고맙다. 너 아니었으면 큰일 날 뻔했구나. 그나저나 내가 대체 뭘 밟은 거니?"

"저거 같은데요."

성찬이 가리키는 빈 드링크 병을 본 어머니의 눈썹이 꿈틀했다.

"이놈 자식이, 저런 거 마시지 말라니까 또……."

어머니가 말하는 '이놈 자식'이란 성찬의 남동생 성진을 가리켰다.

"그리고 마셨으면 제대로 쓰레기통에 넣을 것이지, 함부로 버리고 있어. 이 나이에 허리라도 다치면 영영 누워서 지낼 수도 있는데."

어머니는 말을 하면서 스스로 점점 열을 받았다. 마치 차가 시동을 걸듯. 성찬은 어머니의 혈압이 점점 올라가는 게 눈에 보이는 듯했다.

'헐. 일 났네.'

대체로 온화한 아버지에 비해, 성격이 불같은 어머니는 한 번 화가 났다 하면 난리가 나는 게 다반사였다. 지금 어머니의 분위기로 보아, 아무래도 성진이가 집에 오면 한바탕 굿판이 벌어질 분위기였다.

하긴, 가벼운 부주의로 자칫 크게 다칠 뻔했으니 화를 내는 것도 무리는 아니었다. 어머니 연세에는 허리만 삐끗해도 회복하는 데 오랜 시간이 걸리는 것이다.

'명복을 빈다. 성진아.'

성찬은 불똥이 튈까 두려워 출근을 서두르려 했다. 그런데 문득 뭔가 마음에 걸리는 부분이 있었다. 그는 운동화를 꿰어 신으며 짐짓 무심한 듯 물었다.

"성진이 요새 드링크 많이 마셔요? 원래 그런 종류 별로 안 좋아하잖아요."

"그러게. 잠 줄이고 공부한다고 자꾸 마시네. 해로우니까 마시지 말라고 했는데. 뉴스에도 저런 거 해롭다고 자주 나오고."

"성진이가 공부를요?"

"그래. 뒤늦게 정신을 차렸는지, 이번 기말고사에서는 반에서 10등 안에 들겠다고 벌써부터 난리다. 지가 용돈 모아서 독서실도 끊고."

성찬은 믿기지 않아 다시 한 번 반문했다.

"헐. 성진이가요? 정말요?"

"너랑 누나 보면서 느낀 바가 있겠지. 공부하는 건 좋다만 저런 거 마셔가면서 잠도 제대로 안 자니 탈 날까 봐 걱정이네."

"제가 한번 얘기해 볼게요."

그러고 보니 최근에 성진을 제대로 본 적이 없다. 성찬은 오랜만에 막내와 둘이서 밖에서 밥이라도 먹어야겠다고 생각했다.

겨우 놀란 마음을 가라앉히고 성찬을 본 어머니가 또 잔소리를 했다.

"그런데 얘는 출근하는 사람 옷차림이……. 가뜩이나 과장님이 점퍼에 청바지인 것도 그런데, 왜 그렇게 후줄근해? 주머니는 또 왜 그리 불룩하고?"

"엄마. 우리 회사는 사장님도 옷차림 별로 신경 안 쓴다니까요. 주머니에는 노끈 들어 있어요. 묶어서 정리해 둬야 할 자재가 있어서요."

"그런 건 쇼핑백이나 비닐봉투에 좀 넣어서 가지, 좀."

"네, 네. 그런데 저 손에 뭐 드는 거 싫어하는 거 아시죠?"

성찬은 어머니의 잔소리를 등 뒤로 하고 집을 나섰다. 그는 버스 정류장으로 걸음을 옮기면서 자신과 동생들의 학업 문제에 대해 돌이켜 보았다.

성찬 자신은 고등학교 시절 성적이 꾸준히 상위권에 머물렀고, 대학에 들어간 후로는 비록 수도권의 2류 대학일망정 장학금을 놓치지 않았다.

그가 노력형이라면 여동생 성주는 노력하는 천재형이었다. 뛰어난 머리에 부지런하기까지 하니 성적이 좋을 수밖에 없다.

그녀는 성찬의 방황에 잠시 흔들렸을 때조차 전교 5등 아래로 떨어진 적이 없었다.

자연히 집에서 거는 기대가 컸다. 그녀 스스로도 그런 기대를 부담스러워하지 않고 오히려 즐기는 편이었다.

한데 막내 성진은 좀 달랐다.

막내라 어릴 때부터 오냐오냐해서인지, 아니면 본래 공부 쪽 머리가 아닌 것인지는 모르겠지만 초등학교 때는 중상위권이나마 유지하던 성적이 중학교 때부터 중간 아래로 내려가더니, 고등학교에 입학하자 아예 바닥을 기다시피 했다.

처음에는 걱정하고 꾸짖기도 하던 부모님도, 억지로 될 일이 아니라고 반쯤 마음을 접었다. 형과 누나가 다 공부를 잘하니, 한 놈쯤은 자기 가고 싶은 길을 가도 된다는 생각도 있었다.

문제는 자기가 하고 싶고 좋아하는 일이 뭔지, 성진 자신도 아직 찾지 못했다는 거였다.

그나마 다행인 건 성진이 비록 공부는 못하지만 빗나가지도 않았다는 점이었다.

성적 문제 외에는 학교에서 나쁜 일로 집으로 연락 온 적이 한 번도 없었다.

오히려 선생님들은 대개 성진의 밝고 긍정적인 태도를 칭찬했다.

성진은 불량스러운 친구들과 어울리지도 않았다. 또 성적이 나쁘다고 열등감에 차 있지도 않고 싹싹해서 곧잘 부모님께 애교를 부렸다.

여기까지가 동생에 대해 성찬이 아는 것들이었다.

'그랬던 성진이 녀석이 공부를 하려고 든단 말이지? 흠…… . 해가 서쪽에서 뜰 일이네. 이제 곧 고2가 되니 정신을 차린 건가? 진짜 그런 거라면 좋겠지만.'

성찬은 동생이 공부를 한다는데 이상하게 불안한 기분이 드는 자신이 이해가 가지 않았다. 그는 어머니가 밟았던 빈 병을 떠올렸다.

'그것 때문인가?'

그 병을 보고, 어머니가 성진의 얘기를 한순간부터 이상한 예감이 들기 시작했다.

그가 본 파란색 라벨의 드링크 병은 성찬 자신도 오래 전부터 종종 마시고 봐온, 아주 익숙한 거였다. 그가 알기로 역사가 50년이 넘는, 그야말로 국민 드링크제라 할 만한 물건이었다.

매일 몇 병씩 마시면 당연히 해롭겠지만 가끔 한두 병 마시는 정도로는 아무 탈이 나지 않는다.

어차피 뭐든 과하면 해로운 법이다. 상식적으로, 위험한 식품이었다면 그 오랜 세월 동안 인기리에 팔리지도 못했을 것이다.

'그런데 왜 이런 기분이 들지?'

성찬은 마법사가 되면서 평소에는 자각하지 못했던 새로

운 감각이 발달하기 시작했다.

시각, 청각, 촉각, 후각, 통각, 미각 등을 제외한 여섯 번째의 감각이었다. 바로 '육감' 혹은 '직감'이라 불리는 초감각이다.

그 육감이 위험 신호를 보내고 있었다.

그런데 원인이 뭔지 정확히 알 수가 없었다. 성찬이 아직까지 육감을 제대로 활용한 적이 없었기에, 신호를 명확하게 캐치해 내지 못한 까닭이기도 했다.

'일단 퇴근하면 까먹지 말고 얘기해 봐야겠구나. 꼭 그 드링크제 얘기가 아니더라도, 요새 학교에서 별일은 없는지. 공부는 잘 되는지 등등.'

이런저런 생각을 하며 걷던 성찬은 집 근처 정류장에서 통근 버스에 올랐다. 이미 콩나물시루처럼 사람들이 빽빽이 들어차 있었다.

성찬은 버스를 탈 때마다 신기하다는 생각이 들었다. 도저히 더 탈 공간이 없을 것 같은데, 입구에서부터 꾸역꾸역 밀고 들어가면 어떻게든 몇 명이 더 타는 것이다.

그런 식으로 정류장마다 조금씩 사람을 더 태운다. 버스 안의 밀도는 그렇게 점점 더 높아졌다.

아침부터 늦더위가 기승을 부렸다.

설상가상으로 에어컨이 고장이라도 났는지 버스 안은 뜨

겁고 습했다. 바로 옆 사람의 체온도 견디기 어려운 스트레스
가 됐다.

"아, 왜 이렇게 더워. 아저씨! 에어컨 좀 틀어주세요."

"저기요. 좀 붙지 마세요."

"누가 붙고 싶어서 붙어요? 자리가 없잖아요."

여기저기서 크고 작은 소란이 일었다. 승객들의 표정이 짜
증으로 일그러졌다.

벌써부터 와이셔츠 겨드랑이나 등판이 축축하게 젖어오는
사람들도 있었다.

아니, 대부분의 사람이 그랬다.

화장품 냄새와 향수 냄새, 땀 냄새, 담배 냄새 등이 뒤섞여,
버스 안은 뭐라 표현하기 어려운 악취로 가득 찼다.

'역시 출근길은 많이 복잡하구나. 빨리 돈 모아서 차를 사
야겠어.'

그런 중에도 성찬의 표정은 비교적 평온했다. 악취는 몰라
도 그는 최소한 더위와 습기에서는 비교적 자유로울 수 있었
다.

마력을 냉기 마법으로 전환하여 체내에서 천천히 돌리고
있었기 때문이다.

동생 성주의 일 때에 그 방법을 확실히 터득했다. 아무튼
그것만으로도 훨씬 견딜 만했다.

솔직히 성찬은 이런 복잡한 출근길조차 즐거웠다. 자신이 일할 직장이 있고, 더 이상 방 안에 틀어박혀 폐인 노릇을 하지 않아도 된다는 사실이 실감났기 때문이다.

미미한 냉기가 새어 나오자 성찬의 곁으로 다가오는 사람들이 많아졌다.

그들은 뭔가 서늘한 기운이 느껴지는 성찬의 옆에 조금이라도 가까이 가려고 애를 썼다. 그 기운이 성찬에게서 나온다는 사실은 생각도 못하고, 그가 서 있는 주변의 에어컨만 제대로 작동이 된다고 여겼다.

그때 성찬의 귀에 이상한 소리가 들렸다.

"이, 이러지 마세요."

'응?'

성찬은 자기도 모르게 주위를 둘러보았다.

버스 안은 은근히 소음이 심했다.

웅웅거리는 자동차 엔진소리부터 시작해서 기사가 틀어놓은 라디오 소리, 그 와중에 누군가와 통화하는 사람들의 목소리 등.

냄새와 마찬가지로 온갖 소리가 뒤섞여 있었다. 한데 그런 잡음을 뚫고 정확히 포착되는 목소리가 있었다. 절박하고 두려움에 찬 감정이 묻어나서였다.

거의 입안으로 기어들어 가듯 작은 소리라, 바로 옆에 있거나 여간 주의를 기울이지 않으면 알아듣기 힘들었다. 이를 깨달은 성찬은 한편으로 신기한 기분이 들었다.

'난 어떻게 들을 수가 있는 거지?'

얼마 전 시간 역행을 거듭하는 과정에서, 아스트라의 마력을 엄청나게 받아들였을 때 성찬이 느꼈던 감각, 뇌 속이 씻겨나가는 듯한 그 기분은 착각이 아니었다.

정확히는 뇌뿐만이 아니라 체내 모든 부분의 불순물들이 마력에 의해 태워졌다.

백 퍼센트는 아니지만, 살아오면서 쌓인 상당 부분의 불순물이 사라졌다. 그러면서 신체의 전반적인 기능도 크게 향상됐다.

청력뿐만 아니라 시력과 후각 등도 비약적으로 발달되었다. 세포 하나하나에 마력이 스며든 까닭이었다.

예를 들어 코에서 냄새 맡는 일을 담당한 세포는 '후각세포(厚角細胞)'인데, 거기에 마력이 더해지면서 수명이 길어지고 기능도 강해졌다.

후각세포의 기능이 강해지니 냄새를 더 잘 맡게 되는 게 당연했다.

인간은 세포가 노화되고 사멸하면서 천천히 늙어간다. 하지만 성찬의 세포는 마력의 힘으로 이런 노화 자체가 늦춰지고 있었다.

전신에 이런 과정을 거친 성찬의 육체는 마법사에 어울리게 거듭나는 중이었다.

"그만하세요. 제발."

여전히 미미하게 들려와 성찬의 귀를 자극하는 하소연.

그 주인공을 찾아 버스 안을 살피던 성찬이 눈을 가늘게 떴다.

목소리의 주인은 맨 뒷좌석 구석 자리에 앉은 듯한 여성이었다.

사람들에 가려 얼굴은 제대로 보이지 않았으나, 언뜻언뜻 보이는 매끄러운 손과 스타킹에 감싸인 늘씬한 다리 등이 아직 젊은 여성임을 짐작케 했다.

'저쪽이로군.'

성찬은 자연스럽게 움직여 인파를 헤치고 뒤쪽으로 다가갔다.

"아, 뭐야. 왜 이렇게 밀어. 어……?"

간혹 투덜거리는 사람이 있었지만, 성찬이 다가오면서 시원한 기운이 함께 밀려오자 금세 입을 다물었다. 잠시 후, 맨 뒷자리 근처에 도착하는 데 성공한 성찬이 눈썹을 꿈틀했다.

'뭐야, 이 어이없는 시추에이션은?'

미니스커트 차림의 한 여성이 창가 구석으로 밀어붙여지다시피 한 자세로 앉아 있었다.

그녀는 뚜렷하면서도 오밀조밀한 이목구비가 상당한 미모를 자랑했다. 미니스커트 아래로 드러난 다리도 길고 늘씬했다.

그녀의 바로 옆자리에는 척 보기에도 음험한 분위기를 흘리는 호리호리한 체구의 스포츠형 머리의 남자가 앉아 있었다. 앞쪽에도 한 패로 보이는 거구의 사내가 버티고 서 있었다.

거구의 사내는 검은색의 소매 없는 셔츠를 입었다. 흔히 나시라 불리는 옷이다.

드러난 어깨와 팔에 영문 KOREA와 의미를 알 수 없는 화살표, 두개골, 여자 나신 등 흉하고 조잡한 문신들이 가득했다.

문신의 디자인은 둘째치고 최소한 콘셉트라도 통일했다면 훨씬 보기가 좋았을 뻔했다.

여성의 오른쪽은 창문이 달린 버스 벽이니, 그녀는 두 사내에 의해 다른 사람들의 시선으로부터 거의 완벽하게 차단된 형상이었다.

그래도 심상치 않은 분위기나 소리마저 완전히 차단할 수는 없었다. 여자의 절박한 목소리를 들었는지, 맨 뒤 가운데 자리에 앉아 있던 청년이 무슨 일인가 하고 옆을 돌아보았다.

그의 눈이 여성의 앞에 선 거구의 사내와 마주쳤다. 사내가 눈을 부라려 보이자, 청년은 얼른 고개를 숙이고 귀에 이어폰을 꽂더니 눈을 감아버렸다.

험한 꼴을 당하고 있는 여성은, 젊은 남자라면 절로 돕고 싶은 마음이 솟을 정도로 아름다웠다.

그러나 근육으로 울퉁불퉁한 팔뚝을 문신으로 도배한 사내의 위압감은 그런 감정조차 누를 정도로 살벌했다.

'저런 비겁한 녀석!'

이런 과정을 모두 본 성찬은 청년을 향해 화를 냈다가 곧 씁쓸한 웃음을 지었다.

'하긴, 나라도 그랬겠지. 예전의 나였다면.'

법보다 가까운 게 주먹이라는 말은 진리였다. 괜히 끼어들었다가 저 건장한 사내들에게 맞아 골병나기라도 하면 맞은 사람만 손해다.

치료받는 기간 동안 잃어버린 기회비용과 병원비는 고스란히 끼어 든 사람의 몫으로 돌아온다.

그나마 맞기만 하면 다행이었다. 놈들이 흉기라도 휘두르지 않는다는 보장이 없다.

층간소음이나 술자리 시비 등으로 사람 목숨이 날아가는 세상이었다.

현 세태가 하도 험하다 보니 이런 일에도 목숨을 걱정해야 할 지경이 됐다. 청년이 돕지 않았다고 하여 욕할 상황이 아닌 것이다.

나라에서는 스스로를 희생하여 남을 돕는 의인들에게 아무것도 해주는 게 없으니, 사람들은 점점 자기 몸의 안위를 우선하게 됐다.

법도 허술하여, 여기서 경찰서로 간다 해도 사내들은 솜방망이 처벌만 받고 풀려날 가능성이 컸다. 그나마 피해자인 여성이 적극 증언을 해줄지도 의문이었다.

그럴 경우, 괜한 의협심을 발휘했다가 오히려 명예훼손이나 모욕죄 등으로 가해자가 될 가능성마저 있었다. 그런 면에서 스스로 당돌하게 대처한 희영은 역시 특별했다.

그러는 사이에 이제 여성의 옆에 앉아 허벅지를 어루만지던 남자의 손은 아예 그녀의 허벅지 사이, 짧은 치마 속으로 파고 들어가려고 했다.

"이러지 마세요."

여성은 울상이 되어 허벅지를 단단히 붙이고 저항했으나 신체 건강한 남자의 힘을 당해내기는 역부족이었다. 아무리 사정하고 밀어내도, 욕망에 눈이 먼 남자의 손은 집요하게 그녀를 더듬었다.

그녀는 몇 번이나 후회했지만 이미 늦은 뒤였다. 아침 통근 버스 안에서 이런 일이 벌어지리라고 누가 상상이나 했겠는가.

옆자리의 사내만 해도 겁나는데, 앞에 선 남자는 한쪽 손을 주머니에 넣고 계속 뭔가를 만지작거리고 있었다. 아무래도 흉기이거나, 설령 아니라 해도 그런 느낌을 강하게 줬다.

잠자코 있지 않으면 다칠 거라는 협박이다. 여성에게는 그야말로 사면초가의 상황이자 생각도 못한 봉변이 아닐 수 없었다.

'쓰레기 같은 놈들.'

성찬은 여성의 모습에서 성주와 희영을 떠올렸다. 약한 상대에게 파렴치한 짓을 행하는 두 사내에게 절로 적개심이 생겼다.

아무튼 몰랐다면 모를까, 저런 광경을 보고서도 그냥 지나갈 수는 없었다.

적어도 힘이 생긴 지금은.

성찬은 자신에게 주어진 '힘'을 개방했다.

시간 정지!

즉시 버스 안, 아니, 성찬이 존재하는 차원의 시간이 모두 멈췄다.

어디선가 숨이 막 넘어가려던 사람의 죽음도 잠시 늦춰지고 엄마의 배 밖으로 나오려던 아기도 탄생의 순간을 잠시 미뤄야 했다.

그 시간은 이제 한 번에 1분 30초로 증가했다.

40초이던 정지 유지 시간은, 브레이커와의 일전을 계기로 더 늘어나 마침내 1분 하고도 반을 넘겼다. 성찬이 독하게 마음을 먹는다면 두 사내의 목숨을 빼앗기에도 충분한 시간이다.

그러나 그들이 비록 쓰레기일망정 함부로 사람을 죽이기란 쉽지 않았다.

성찬은 두 사내를 보며 잠시 고민했다.

'이놈들을 어떻게 응징한다? 음……. 일단 저 몹쓸 손부터 좀 치우자. 보기에 영 거슬리니까.'

그는 사내의 팔을 잡아 당겨서 치마 속에 들어 있던 손을 빼냈다.

가까이에서 보니 깡패가 분명했다. 그중에서도 겉모습으로 겁을 주고 다니는 하류 깡패였다. 세상 사람들이 흔히 양아치라 부르는 족속들이다.

'하긴 깡패가 따로 있나. 이런 짓거리 하고 사람들 괴롭히면 그게 깡패지. 양아치든 정치인이든.'

그런데 이런 양아치들이 왜 이렇게 아침 일찍부터 통근버스에 타서 행패를 부리는지 얼른 이해가 가지 않았다. 부지런하다고 하기에는 뭔가 이상하고.

'뭐, 자세한 건 나중에 생각하자.'

놈들을 어떤 방법으로 처리할까 살짝 고심하는데, 마침 점
퍼 주머니에 들어 있던 노끈 뭉치가 떠올랐다. 창고에 출근해
서 몇 가지 자재를 묶어두려고 출근하면서 챙겼던 것이다.

성찬은 여자에게 성추행을 하던 놈의 멱살을 잡아 일으켜
세웠다.

그다음, 놈의 양팔을 붙잡아 만세를 부르듯 위로 올려서,
버스 손잡이에 양손을 넣게 하고 노끈으로 칭칭 감아 묶어버
렸다.

'이거 볼 만하겠는데? 크큭.'

여자 앞에 버티고 서 있던 덩치 큰 놈도 뒤로 끌어내려 복
도에 세웠다.

이어서 그놈의 손목도 묶으려고 하는데, 저절로 작동하는
타임 체커 마법이 앞으로 남은 정지 시간이 10초가량임을 알
렸다.

'체. 시간이 부족하잖아.'

성찬은 혀를 차며 두 놈에게서 좀 떨어진 곳까지 물러났다.
이윽고 시간 정지가 해제되자, 음흉하게 웃고 있던 스포츠머
리 사내의 얼굴이 일변했다. 그가 당황한 투로 외쳤다.

"뭐, 뭐야, 이거? 어떤 새끼야?"

사람들의 시선이 일제히 그에게 쏠렸다. 그리고 양손이 버

스 손잡이에 묶인 그를 보더니 황당하다는 표정을 지었다.

그가 한 짓을 알고도 말리지 못했던 몇몇 사람은 속으로 통쾌했지만 동시에 의아하기도 했다.

말마따나 누가 저런 짓을 했단 말인가? 저렇게 묶일 때까지 몰랐던 건 또 뭐고?

양손이 묶인 깡패가 발악을 했다.

"아오, 씨발. 뭘 봐, 이 새끼들아? 불곰, 병신아. 얼른 이거 풀지 못해?"

"어, 응. 형."

불곰이라 불린 거구의 사내가 스포츠머리 사내에게 휘적휘적 다가왔다. 그는 주머니에서 아무렇지도 않게 잭나이프를 꺼냈다.

나이프를 본 사람들이 헉 하고 숨을 들이켰다. 작게 비명을 지르는 사람도 있었다.

그러거나 말거나, 불곰이라 불린 거구의 사내는 스포츠머리 남자의 손목을 묶은 끈을 나이프로 잘라냈다. 지켜보던 성찬이 눈살을 찌푸렸다.

'진짜 칼이었어? 질 나쁜 놈들이네.'

제4장
불안해 하다

성찬은 계속 두 사내를 주시했다. 시간 마법의 딜레이가 풀리는 대로, 칼을 가지고 허튼 짓이라도 하면 당장 손을 쓸 생각이었다.

버스 안의 사람들이 모두 그들에게서 멀어지려고 애를 썼다.

이를 의식했는지, 불곰은 끈을 자르자마자 얼른 칼을 다시 뒷주머니에 집어넣었다.

다행히 칼로 사람들을 위협할 마음은 없었고, 순수하게 끈을 자르려는 목적으로 꺼낸 듯했다. 그래도 불안해진 승객들의 마음은 좀체 가시지 않았다.

갑자기 소란이 벌어지는 바람에 급기야 버스가 멈췄다. 몇몇 승객이 차문을 열어달라고 아우성을 쳤다.

"기사 양반. 차 좀 세우라고!"

"여기 칼 꺼냈다고요."

"누가 경찰에 신고 좀 해요!"

비록 회칼이나 식칼 같은 큰 칼은 아니지만, 인상이 험악한 사내의 손에 들리자 작은 잭나이프라도 충분히 위협적이었다.

스포츠머리 사내가 들으라는 듯 중얼거렸다.

"아, 거 개새끼들. 별거 아닌 일로 존나 시끄럽게 구네."

그러나 정작 신고를 하는 사람은 아무도 없었다. 내가 아니더라도 누군가 하겠지 라는 심리와, 출근 시간이라 경찰서에 가서 증언을 하는 데서 오는 부담감이 겹쳤기 때문이다. 보복이 두려운 까닭도 있었다.

"내릴 분들은 내리세요."

항의를 못 이긴 버스 기사가 뒷문을 열자, 사람들이 우르르 쏟아져 내렸다. 조금 늦는 한이 있어도 다음 버스를 타려는 것이다.

봉변을 당하던 여인도 그 틈에 얼른 같이 내렸다. 그런 일을 당하고서도 같은 버스에 타고 싶을 리가 없었다.

다행히 스포츠머리 사내는 여자에 대한 건 까맣게 잊은 듯
했다.

워낙 황당한 일을 당했으니 그럴 만도 했다. 그가 거구의
남자에게 목소리를 낮춰 초조한 투로 말했다.

"야. 새끼야. 그거 잘 있는지나 확인해 봐."

거구의 남자가 어리둥절한 얼굴로 반문했다.

"그거? 그게 뭐야, 형?"

"아놔. 병신아. 코코아 말이야. 지금 우리가 확인해 볼 게
그거밖에 더 있어?"

두 사내의 대화를 엿듣던 성찬은 의아하다는 생각이 들었
다.

'코코아?'

갑자기 뜬금없이 코코아라니.

깡패는 초콜릿을 먹지 말라는 법은 없으나, 어울리지 않는
건 사실이었다.

더구나 그런 일을 당한 직후에 코코아가 잘 있는지 확인하
라는 게 뭔가 이상했다. 바지 주머니를 뒤적인 거구의 사내가
말했다.

"아, 코코아······. 여기, 잘 있어."

"흐흠. 됐어. 아, 시발, 쪽팔려. 이게 대체 어떻게 된 거지?
취한 게 덜 깼나. 너도 못 봤어? 내가 언제 여기 묶였는지?"

"모르겠는데?"

"에휴, 관두자. 내가 너한테 뭘 바라겠냐. 다음에 내리지?"

"응. 다음이야. 형."

"그런데 버스는 왜 갑자기 서고 지랄이야?"

성찬은 두 양아치가 보기보다 어릴지도 모른다는 생각이 들었다.

말하는 투나 사용하는 어휘가 꼭 어린애들 같았기 때문이다.

뒤쪽에 있다가 불곰이 꺼낸 칼을 본 승객들은 대부분 다 내려 버렸고, 앞에 있던 사람들은 무슨 일이 벌어졌는지 영문을 몰랐다.

버스 기사도 정확한 상황을 모르는 상태에서 무작정 경찰서로 차를 몰기가 망설여졌다. 그는 뒤쪽을 흘끔거리며 생각했다.

'칼 어쩌고 한 거 같았는데……. 사람들이 갑자기 왜 다 내린 거지? 아, 이러다 괜히 골치 아픈 일에 얽히는 거 아냐?'

그때 손님 중 누군가가 날카롭게 외쳤다. 불곰이 칼을 꺼내든 걸 못 본 여자 승객이었다.

"아저씨. 빨리 안 가요? 회사 지각하면 아저씨가 책임 질 거예요? 애초에 왜 갑자기 멈춘 거예요?"

"어린 년, 말하는 본새하고는."

입안으로 중얼거린 기사는 그냥 운행하기로 마음을 정했다.

말투는 짜증나지만 틀린 말은 아니었다. 배차 시간이 밀리면 기사만 손해였다.

버스가 곧 다시 출발했다.

'시간 정지 사용 가능 시간이 됐군. 다시 시간을 멈추고 그 코코아라는 게 뭔지 확인해 봐야 하나? 어쩐지 찜찜한데.'

성찬이 잠시 갈등할 때였다. 두 깡패가 갑자기 바로 다음 정류장에서 내렸다. 그 바람에 사건은 그냥 흐지부지됐다.

성찬은 멀어지는 버스 안에서, 뭔가 시시덕거리는 깡패들의 뒷모습을 지켜보았다.

'흠……. 내렸네?'

놈들을 그냥 보내기가 뭔가 아쉬웠지만 뒤따라가서 더 혼내주기도 애매한 상황이었다.

성추행범들까지 하나하나 단죄하기 시작하면, 그가 손을 대야 할 일은 끝도 없었다. 생각보다 어린 녀석들이라는 것도 마음에 걸렸다.

'그 정도면 됐겠지. 아가씨도 구해준 셈이니…….'

성찬은 곧 깡패들에게서 관심을 끊었다.

놈들이 내린 정류장이, 동생 성진이 다니는 학교 근처라는 사실을 그는 미처 몰랐다. 무심코 지나간 이 일을 나중에 얼마나 후회하게 될지도.

*   *   *

"안녕하세요."

성찬은 회사 문을 열고 들어서면서 활기차게 인사를 했다.

그토록 원하던 직장이다.

계속 사건이 생기는 바람에 이제야 제대로 된 출근을 하는 것 같다.

뭔가 뿌듯하기도 하고 아직은 쑥스럽기도 한, 묘한 기분이었다.

"좋은 아침, 과장님!"

먼저 출근해 있던 희영이 기운차게 인사를 받았다. 그러자 홍보부와 영업부 등의 다른 직원들도 일제히 성찬에게 인사를 건네왔다.

성찬은 출근 시간보다 십 분 이상 일찍 도착했는데, 이미 출근해 있는 사람이 태반이었다.

"안녕하세요. 과장님."

"처음 뵙겠습니다. 그때 제가 자리에 없어서……."

"말씀 많이 들었습니다!"

성찬은 예상치 못하게 한꺼번에 여러 사람의 인사를 받고 몸 둘 바를 몰랐다.

"과, 과장님이라니……."

"과장님보고 과장님이라고 하지, 그럼 뭐라고 불러요?"

희영은 쑥스러워하는 성찬이 재미있다는 듯 웃었다.

그녀가 웃자 풍만한 가슴도 덩달아 흔들렸다.

"으흠."

성찬은 자꾸 그녀의 가슴으로 눈이 갔다.

딱히 음심을 품어서라기보다 한 가지 사건이 자꾸 떠올랐기 때문이다.

'택시 안에서는 왜 그런 연기를 했을까? 설마 진짜로 나한테 마음이 있는 건가…….'

하지만 다시는 물어볼 수 없게 됐다. 그랬다간 치한을 넘어서서 정신병자 취급을 받을 것이다.

그가 취한 척하던 희영의 가슴을 엿봤던 일은 이제 그의 기억에만 있는 것이지, 실제로는 일어나지 않은 일이 되었기 때문이다.

성찬은 희영과 함께 택시를 탔던 그 시각에, 서울 광장 공원에서 브레이커 타입의 인트루더와 싸우고 있었다.

그가 과거로 돌아가 폭염을 만들어낸 브레이커를 죽임으로써 현재가 바뀌었다.

'그러고 보니 여자 생각이나 하면서 희희낙락할 일이 아니

구나.'

희영과의 일을 잠깐 생각했을 뿐인데, 직접 경험한 과거와 그 과거가 사라진 현재 사이에서 가벼운 혼란이 왔다. 시간 역행은 강대한 마력뿐만 아니라, 사용자의 강인한 정신력까지 요구했다.

'아예 그 브레이커라는 놈의 존재 자체를 지워버린 셈이니……. 이 정도 부담은 감수해야겠지. 확실한 건, 결코 남발할 마법은 아니라는 거야.'

성찬은 시간 역행이 얼마나 사기적인 마법인지, 또한 얼마나 위험한 마법인지 새삼 실감했다.

아무리 강한 적이라 해도, 그 근원을 잘라 버린다면 존재 자체가 불가능하게 된다.

그만큼 제약이 큰 것도 당연했다.

'하긴, 시간 역행을 내 맘대로 쓸 수 있다면 난 말 그대로 무적이 되겠지. 역사를 다 내 입맛에 맞게 바꿔 버릴 수도 있으니까. 일제 강점기로 가서 쪽발이 놈들을 쓸어버린다든가……. 독도 가지고 헛소리 못 하게 말이야.'

희영이 성찬에게 서류를 내밀며 말했다.

"뭘 그렇게 생각하세요?"

"아, 아니에요. 사장님은요?"

"오늘 바로 현장으로 가신대요."

"그 뒤로 별일 없었어요? 발해흥업 쪽에서는 아무 움직임 없었고요?"

"과장님이 자재 창고에서 박살을 내준 후로 잠잠해요. 그 때 방화랑 폭행, 살인미수 같은 게 다 걸렸는데 지들도 머리 가 있으면 포기하지 않겠어요?"

"음… 그래야 할 텐데."

성찬은 악의(惡意)를 가진 자들의 음험함을 잘 알았다. 포 기한 듯 보이다가도 오랫동안 칼을 갈다가 방심한 틈을 찌르 는 것이 그들의 습성이었다.

친구라 믿었던 자에게 당한 후로, 발해흥업의 깡패들이 자 재 창고에 불을 지르려고 한 사건까지 더해져 그 사실을 뼈저 리게 깨닫게 됐다. 알 수 없는 불안감에 성찬은 한 번 더 당부 했다.

"그래도 조심하세요. 밤늦게 혼자 다니지 말고."

"어머. 지금 저 걱정해 주시는 거예요?"

"아니, 희영 씨한테뿐만 아니라 직원 분들 모두한테 다 해 당되는 거예요."

"뭐야. 직원 공통? 칫. 하여간 여자 마음을 정말 모르신다 니까."

희영은 작게 투덜거리면서 팩스 한 장을 더 내주었다.

"이거 오늘 과장님께서 발주하실 자재 목록이에요. 아, 새차도 주문해 뒀으니까 다음 주 내로 올 거예요."

"오, 그래요? 고마워요."

성찬은 회사를 나와 버스정류장으로 가는 걸음을 재촉했다. 여기서 다시 파주 창고까지 가려면 제법 서둘러야 했다.

*   *   *

그 시각, 성찬의 남동생 성진은 운동장 구석에 있는 야외 화장실에서 뜻밖의 인물들과 대화 중이었다. 바로 성찬이 버스에서 대면한 양아치 둘이었다.

그들은 성진과 같은 학교의 3학년 학생이었던 것이다. 무기정학 처분을 받은 상태이긴 했지만, 어쨌거나 퇴학까지는 가지 않았기에 학적부에는 남아 있었다.

"헐, 십만 원이요? 너무 비싼데⋯⋯."

대화 끝에 성진이 난색을 표했다. 그의 말로 보아, 뭔가 거래를 하는 듯했다.

성찬에게 손목을 묶였던 스포츠머리가 성진의 눈앞에 작은 봉투를 흔들어 보였다.

"이게 비싸다고?"

봉투 안에는 정체를 알 수 없는 고운 갈색 분말이 들어 있었다.

얼핏 보기에는 커피나 코코아 가루처럼 보였다. 이 작은 봉투 하나의 가격에 십만 원을 부른 것이다.

"원래 더 비싼 건데, 후배고 해서 싸게 준 거였어. 공부 열심히 하라고. 코코아 효능은 이미 느껴봤을 거 아냐?"

성진이 마지못해 답했다.

"네."

"이거 한 봉투면, 바쿠스에 타서 마시면 열 번은 먹을 양인데. 만 원 내고 몇 시간 공부에 집중할 수 있는 게 비싸?"

"그래도 조금만 깎아주시면 안 돼요? 저 벌써 이번 달 용돈도 다 썼어요."

스포츠머리의 표정이 험악해졌다.

그는 성진의 이마를 집게손가락으로 쿡쿡 찌르면서 고압적으로 말했다.

"야, 인마. 형님들은 땅 파서 장사하는 줄 알아? 지금까지 싸게 가져갔으면 이제 제 값 치러야지. 넌 양심도 없냐?"

"그, 그게 아니라……."

"그리고 잘 생각해 봐. 너 공부 졸라 못해서 집에서 찬밥 신세였다며? 성적이 오르면 너희 부모님이 널 보는 눈빛부터 달라질걸?"

그 말에 성진의 눈빛이 급격히 흔들렸다.

"……."

"성적 올리려고 수백만 원씩 하는 과외를 시키는 부모들도 넘쳐나는데 그깟 십만 원이 대수야? 눈치 봐서 슬쩍 들고 나오면 되잖아."

성진은 '코코아'가 든 봉투를 홀린 듯 바라보았다. 코코아를 드링크제에 타서 마셨을 때의 고양감과 집중력이 떠오르자 더 참을 수가 없었다.

그 상태로 공부를 한다면, 형뿐만 아니라 천재 소리를 듣는 누나보다도 더 좋은 성적을 받을 수 있을 거라는 확신이 들었다.

"내일, 내일 꼭 가져올게요."

그의 눈빛을 확인한 스포츠머리가 히죽 웃었다.

"그래. 단골이고 하니까 믿는다. 약… 아니, 코코아 먼저 줄게. 특별히 인심 쓴 거야. 내일 같은 시간에 여기서 계산해라."

"네. 감사합니다!"

얼른 봉투를 받아 쥐는 성진의 눈빛이 기이하게 번들거렸다.

그때 휴식 시간이 끝났음을 알리는 종소리가 울렸다. 스포츠머리가 인상을 쓰며 침을 탁 뱉었다.

"씨발, 저 소리는 아무리 들어도 짜증나네. 그럼 내일 보자. 선생들이 보면 귀찮아지니까."

"예. 내일 뵐게요."

성진은 봉투를 품속에 조심스레 넣고 교실로 발길을 돌렸다.

그가 화장실을 나가자 내내 말없이 옆에 서 있던 덩치, 불곰이 입을 열었다.

"형. 이제 말해도 돼?"

"벌써 하고 있잖아. 새꺄."

불곰은 비정상적으로 강한 완력을 타고났지만 지능이 좀 모자랐다.

그의 부모는 자식을 특수학교에 보낼 형편이 안 되어서 어쩔 수 없이 일반 고등학교에 입학시켰다. 거기서 스포츠머리를 만났다.

스포츠머리의 이름은 학성이었다. 학성은 불곰의 힘을 일찌감치 알아보고 그를 눈여겨보고 있었다. 이용할 구석이 있다고 여긴 것이다.

힘은 세도 순둥이였던 불곰은 아이들에게 자주 괴롭힘을 당했다.

그는 자신의 힘을 알면서도 맞기만 했다. 제대로 힘을 쓰면 아이들이 어찌 될지 어렴풋이 알았던 까닭이다. 부모로부터 귀가 닳도록 주의를 받았기 때문이기도 했다.

그때 일진이었던 학성이 나섰다.

그는 불곰을 놀리고 괴롭히던 애들을 묵사발이 되도록 두들겨 팼다.

그 후로 불곰은 학성을 친형처럼 따르고 있었다. 학성이 무기정학을 당한 사건인 타 학교 패거리와의 패싸움 때도, 그를 지키면서 함께 싸우다가 나란히 정학을 먹었을 정도였다.

불곰의 부모는 점점 감당할 수 없게 되어가는 아들의 교육을 일찌감치 포기했다.

이제 불곰은 숫제 집을 나오다시피 하고 학성과 함께 행동하고 있었다.

어린 나이를 가리려고 팔에 문신을 새기고 깡패 행세를 하면서, 숙식은 '형님들'의 거처에서 해결했다.

불곰이 어눌하게 말했다.

"헤헤. 그런데 진짜 십만 원이나 가져올까?"

"당연하지. 아까 그 새끼 눈 못 봤어? 이미 흠뻑 빠진 상태야. 일단 맛을 들였으니 절대 못 벗어나."

스포츠머리, 학성이 담배를 물고 불을 붙였다.

"이걸로 열두 놈째인가? 이제 조만간 한 봉지당 오십만 원으로 올리면 수입이 쏠쏠하겠어. 형님들한테 상납하고도 대충 300은 남겠네."

불곰의 눈이 커다래졌다.

"오십만 원이나?"

"그래도 안 사가고 못 배길걸."

"돈 훔쳐오다 걸리면 혼날 텐데."

"큭. 걸려서 돈을 못 구하게 되면, 그때부터는 코코아를 사려고 시키는 일은 다 하게 될 거다. 그러니 걱정 안 해도 돼. 돈도 좋지만 그게 진짜 목적이니까."

학성이 사악한 웃음을 지었다.

*   *   *

자재 창고에 도착한 성찬은 하루 종일 바쁘게 움직였다. 창고 내부 정리를 하고, 새로 들어오는 자재를 받아서 쌓았다.

또 자재를 받으러 오는 업체들을 확인하고 제대로 내주는 것도 일이었다.

가끔 약속한 분량 외에 더 챙기려고 들거나, 다른 업체와 예약된 자재를 먼저 가져가겠다고 억지를 쓰는 경우가 있어서 골치가 아팠다.

이래저래 혼자 다 처리하기에는 버거워서 현우가 함께 남아 도와주었다.

그렇다고 해도, 밤새 근무한 그를 배려한 성찬이 힘쓰는 일을 못하게 한 까닭에 현우는 서류 처리나 지시하는 일만 했다. 그는 예상치 못했던 성찬의 힘과 체력에 감탄을 금치 못했다.

"야, 성찬이 너 보기보다 대단한데? 무리해서 힘을 쓰는 건 딱 보면 표가 나는데……. 겉보기에는 호리호리한 녀석이 힘은 장사구만."

성찬은 평생 힘세다는 칭찬은 처음 들어봤다. 그는 어쩐지 어색하고 쑥스러워서 뒤통수를 긁적였다.

"헤헤. 감사합니다."

"그냥 힘만 센 게 아니라 지구력도 좋아. 발해흥업 놈들을 밟아준 게 이해가 가네. 내가 있었어도 나설 일도 없었겠어. 그런데 아직 상처가 다 안 나았을 텐데 그렇게 힘 막 써도 되냐?"

사실 성찬의 부상은 이미 다 아물었다. 아문 정도가 아니라 아예 흔적도 없이 사라졌다. 치료 마법과 마력이 작용한 덕분이었다.

하지만 옷이 피로 흠뻑 젖은 걸 서 사장과 희영이 다 본 상태에서, 벌써 아물었다고 하면 이상하게 여길 게 뻔했다. 이에 상처가 났던 부위에 거즈와 반창고만 붙여둔 상태였다.

"피부만 살짝 찢어진 거라서 괜찮아요."

"그래? 흠… 서 사장 말로는 피도 꽤 많이 흘렸다던데, 보기보다 큰 부상은 아니었나 보네."

"네. 그냥 피가 좀 많이 나는 부위였어요."

"몸이 단단한 것도 복이지. 천생 강골이구나 너."

"이 일 하기 전에는 몰랐는데 그런가 봅니다. 하하."

종일 열심히 일한 성찬은, 늦은 밤 기분 좋게 집으로 향했다.

어찌 보면 막노동에 가까운 일이지만, 자신이 맡아서 해야 할 일이 있다는 자체가 보람되고 기뻤다.

아스트라가 여전히 돌아오지 않고 있는 게 마음에 걸렸으나, 성찬이 생각하기에 지구에서 아스트라를 해할 만한 존재나 사건은 없었다.

마음먹으면 자기 모습을 전혀 드러내지 않을 수도 있고 마법을 자유로이 쓰는 이계의 존재가 아닌가.

'매직 패드가 연결이 안 되는 걸 보니, 볼일이 있어서 잠깐 원래 차원으로 돌아간 건지도……. 나도 참, 이제 겨우 사흘 됐을 뿐인데 너무 걱정하네. 늘 근처에 있던 게 어느새 적응이 됐나 봐.'

성찬은 아스트라에 대한 걱정을 애써 털어버렸다. 그는 집에 들어가기 전에, 근처 슈퍼마켓에 들러서 가족들에게 줄 과일과 과자를 샀다.

초인종을 누르자 어머니 대신에 성주가 문을 열어주었다.

"어? 너 여태까지 안 자고 뭐 해?"

성찬의 물음에 성주가 밉지 않게 눈을 흘겼다.

"이 오라버니야. 나 고3이거든. 이제 수능이 백일도 안 남았는데 벌써 자면 어떡해?"

성찬은 오라버니라는 말에 입이 헤벌쭉 벌어졌다.

"오, 오라버니?"

"뭘 새삼. 전에는 원래 그렇게 불렀잖아."

"그랬지. 네가 뭐 잠 줄여가면서 공부해야 할 처지인가. 흐흐."

"나만 열심히 하는 거 아니거든? 고지가 코앞인데 방심하다간 큰일 난다고."

"그래도 너무 무리하지 마. 아버지랑 엄마는?"

"아버지는 먼저 주무시고 엄마도 내가 오빠 오면 잔다고 했더니 좀 전에 들어가셨어. 그런데 성진이가 아직 안 잔다?"

"뭐?"

"공부한다고 안 잔대."

"헐……. 게임하느라 안 자는 게 아니고?"

"아까 봤더니 내가 문을 여는 것도 모르고 공부하고 있던 걸? 그래서 그냥 조용히 나왔지, 뭐."

성찬은 아침에 어머니와 나눴던 대화가 떠올랐다.

요새 성진이 공부에 꽂혀서 열심이라는 얘기. 그리고 문제의 드링크제…….

"음. 잠깐 우리 동생 격려 좀 해줘야겠네. 넌 공부 더 하다가 잘 거야?"

"응. 아직 열두 시밖에 안 됐어."

"그래. 그럼 이거 먹어."

"야호! 나 야식 고픈 거 어떻게 알고."

성찬은 성주에게 과일과 과자가 든 봉투를 건네고 성진의
방으로 향했다. 과연 방문 틈으로 새어 나오는 불빛이 보였
다.

노크를 했지만 답이 없다. 그는 살짝 문을 열고 동생의 이
름을 불렀다.

"성진아?"

사각사각.

조용한 방 안에는 성진이 뭔가 열심히 쓰는 소리만 가득했
다.

책을 보고 입안으로 중얼거리다가 또 쓰고 하는 모양새가
암기 과목을 공부 중인 듯했다.

'진짜 내가 들어온 것도 모르네.'

성찬은 흐뭇하게 웃었다. 아스트라의 일과 마찬가지로 괜
한 걱정을 했나 싶었다.

많은 일을 겪으면서 요즘 부쩍 신경이 예민해진 것 같다.

그대로 조용히 발길을 돌려 나가려던 성찬이 멈칫했다. 책
상 옆에 놓여 있는 작은 빈 병들을 본 것이다.

'허어……. 설마 저걸 다 오늘 밤 사이에 마신 건 아니겠지?'

성찬은 살짝 이마를 찡그렸다.

파란 라벨이 붙은 병은 모두 네 개였다.

밖에서 마신 빈 병을 굳이 가지고 들어왔을 리는 없으니 집에 와서부터 마셨다는 얘긴데, 수업 끝나고 바로 왔다고 쳐도 여섯 시간 정도밖에 지나지 않았다.

식사 시간 등을 빼면 거의 한 시간에 한 병 꼴로 마신 셈이었다.

아무리 이로운 식품이라 해도 그 정도로 과하면 좋지 않은데 드링크제야 말할 것도 없었다.

성찬이 알기로 드링크제는 결국 체력을 미리 당겨쓰는 역할을 했다.

나중에 그만큼 여파가 돌아오는 것이다.

'카페인 중독이라도 된 건가? 저건 과해도 너무 과한데. 아무래도 지금 주의를 줘야겠어.'

그는 내일도 새벽에 출근해야 한다.

동생의 집중을 깨뜨리는 건 미안하지만 지금 말해둬야겠다 싶었다.

"성진아."

성찬은 성진의 어깨에 손을 얹었다. 다음 순간, 그는 뭔지 모를 섬뜩함을 느꼈다.

성진은 누가 자기 몸에 손을 댄 것도 모르고 계속 중얼중얼 암기에 열중하고 있었던 것이다.

연습장은 이미 뭘 썼는지도 알아보기 어려울 정도로 새카 만데 다음 페이지로 넘길 생각도 하지 않고 있었다. 그저 쓴 데 또 쓰기를 반복했다.

"성진아!"

성찬이 약간 목소리를 높이며, 어깨를 잡은 손에 힘을 주었 다.

그제야 성진이 천천히 고개를 돌렸다. 잠시 멍하니 성찬을 보던 그가 나른한 투로 말했다.

"뭐야. 나 공부하는 거 안 보여?"

"……!"

동생의 눈빛을 본 성찬은 직감적으로 깨달았다. 지금 그의 상태가 정상이 아니라는 걸.

'드링크제에 취할 수도 있나?'

그는 손을 통해 동생에게 은은히 치유의 성질을 띤 마력을 흘려 넣으며 물었다.

"너, 저걸 몇 병이나 마신 거야?"

치유 마법의 영향일까. 눈빛이 조금 맑아진 성진이 고개를 갸웃거렸다.

"어… 형? 언제 들어왔어?"

"방금. 너, 내가 온 것도 모르고 공부하고 있더라?"

"아, 미안. 마침 집중이 잘 돼서."

"저거, 너무 많이 마신 거 아니냐?"

성찬이 빈 드링크 병을 가리켰다. 성진은 의외로 순순히 고개를 끄덕였다.

"으응. 확실히 좀 과했어. 내일 시험이라 공부할 게 많은데 너무 졸려서. 이제 조심할게."

"뭐든 너무 과하면 안 좋아. 드링크류는 사실 남용하면 몸에도 해롭고."

"알았어. 형도 피곤할 텐데 얼른 자."

성진이 순순히 잘못을 시인하자, 성찬은 딱히 더 할 말이 없어졌다.

그는 격려의 표시로 성진의 어깨를 가볍게 두들겨 주고 방을 나왔다.

성진은 형이 나가자마자 서랍 안에서 새로운 드링크제와 봉투 하나를 꺼냈다. 그런 그의 눈빛이 기이하게 번들거렸다.

*　　　*　　　*

다음 날 아침, 성찬은 회사에 전화를 걸어 양해를 구하고 한 시간 정도 늦게 출근했다. 성진의 상태를 살피기 위해서였다.

그러나 우려와는 달리 별 이상이 보이지 않았다. 오히려 평소보다 더 활기차고 명랑해 보였다.

'그냥 일시적으로 드링크제에 빠졌던 건가?'

돌이켜 보면 성찬 자신도 학창 시절, 삼각형 비닐 용기에 담긴 커피우유에 중독되다시피 해서 하루에 서너 개씩 마셔 댄 적도 있었다. 지금은 쳐다보기도 싫지만 그때는 그랬다.

여전히 미묘한 불안감이 가슴을 찔렀으나 정확한 원인을 알 수가 없었다.

그렇다고 무턱대고 동생을 추궁할 수도 없었다. 기껏 공부할 마음이 든 녀석의 기분을 상하게 할 수도 있다는 생각에서였다.

'자꾸 느낌이 왜 이런지 모르겠네. 저 녀석이 안 하던 짓을 해서 그런 건가. 아니면 아스트라가 며칠째 안 보여서 그런가?'

성찬은 동생을 의심하는 건 이 정도에서 그만하고, 대신 앞으로 틈틈이 대화를 하고 지켜보기로 했다.

공교롭게도 그로부터 이틀간, 그는 정신없이 바빴다.

불황이 장기화되면서 건설업뿐만 아니라 부동산 시장까지 전반적으로 침체기에 빠졌다. 부도가 나는 대형 건설사들이 속출했다.

그러나 제일건설은 오히려 호황을 맞이했다. 부유층들은
시세가 떨어져 더 이상 팔리지 않는 아파트를 사들이는 대신,
기존에 가지고 있던 건물들을 보수하고 리모델링하여 월세를
놓는 데 주력했다.

아무리 매매가가 떨어져도 모든 사람이 집을 살 수 있는 형
편은 아니었다.

그런 이들은 전세가 품귀 현상을 빚으니 월세 집에서 살 수
밖에 없었다.

또 월세가가 비슷한 경우, 이왕이면 조금이라도 더 예쁘고
환경이 좋은 집을 찾게 된다.

저렴하면서도 좋은 자재를 쓰고 건물의 실용성뿐만 아니
라 미관도 중시하는 제일건설은 그런 고객들의 입맛에 잘 맞
았다.

자연히 여기저기서 주문이 폭주했다.

성찬이 담당한 자재부뿐만 아니라, 리모델링 담당 부서와
건축 부서, 영업부 등도 밀려드는 일거리로 눈코 뜰 새 없었
다.

특히 새 학기 개강을 한 달 남짓 앞둔 대학가에서 수요가
많았다.

아무리 불황이라도 기본적으로 의식주는 해결해야 한다.

제일건설은 위기를 오히려 기회 삼아 도약하고 있었다.

일이 벌어진 건 그때였다.

'응?'

창고 정리를 하다가 잠깐 휴식을 취하던 성찬은 핸드폰 화면을 보고 고개를 갸웃거렸다. 처음 보는 번호로 전화가 일곱 통이나 와 있었다.

'진동으로 해놔서 몰랐네. 뭐지? 거래 트자는 업체인가? 요샌 원링 스팸이 하도 많아서…….'

그는 잠시 망설이다가 전화를 걸어 보았다. 곧 굵직한 목소리의 남자가 전화를 받았다.

ㅡ네. 구로경찰서 지능팀 형사 이종석입니다.

성찬은 순간적으로 전화를 잘못 걸었나 생각했다. 그러나 자신이 건 게 아니라, 부재중 번호로 바로 연결한 것이니 잘못 걸었을 리가 없었다.

그는 조심스레 반문했다.

"네? 어디시라고요?"

ㅡ구로경찰서요. 거신 분이 어딘지를 말씀하셔야죠. 무슨 일이십니까?

"경찰서라고요? 아, 저는 그냥 부재중 통화가 와 있는 걸 보고 전화한 건데……."

ㅡ성함이 어떻게 되시죠?

"김성찬이라고 합니다."

―김성찬 씨……. 잠시만요.

성찬은 불안한 예감이 뭔가 실체화되려는 듯한 기분을 느꼈다.

죄를 지은 일도 없건만, 경찰서라 하니 긴장되고 떨리는 건 어쩔 수가 없었다.

아니, 죄를 지은 게 없다고 하긴 어려웠다.

그는 며칠 전의 과거로 돌아가서 한 소년을 살해한 적이 있기 때문이다.

'설마 그게 걸린 건 아니겠지? 아니, 그건 불가능해.'

잠시 후, 이종석 형사가 다시 전화를 받았다.

―여보세요.

"아, 네."

―기다리시게 해서 죄송합니다. 혹시 김성진 학생 형님 되십니까?

"…맞는데요?"

성찬은 전혀 예상치 못했던 성진의 이름이 나오자 잠시 어리둥절해졌다.

그러나 그 뒤에 언급된 내용은 더욱 믿기지 않는 것이었다.

―김성진 학생이 오늘 저녁 8시경에 편의점 강도 미수 및 각성제 소지 혐의로 현장에서 체포됐습니다. 미성년자 같아

서 보호자 신상을 말하라고 했는데, 입 꾹 다물고 끝까지 말을 안 하다가, 겨우 성찬 씨 이름과 연락처를 대더군요. 그래서 연락드린 겁니다.

"……."

성찬은 하마터면 핸드폰을 떨어뜨릴 뻔했다.

뭐? 누가 뭘 했다고?

성진이의 웃는 얼굴이 눈앞을 스치고 지나갔다.

뭔가 잘못되어도 크게 잘못됐다.

절대 그럴 리가 없었다.

며칠 전까지만 해도 시험이 있다며 책상 앞에서 늦게까지 공부하던 동생이 아닌가.

그런데 강도에 각성제라니.

비록 성적은 나빠도 이제까지 말썽 한 번 부린 적이 없는 녀석이었다. 성찬은 자기도 모르게 격앙된 목소리로 말했다.

"뭐 착오가 있었던 거 아닙니까? 그럴 리가 없어요."

형사의 목소리에 미미하게 짜증이 어렸다.

—앞서 말씀드렸듯이 현장에서 체포된 겁니다. 착오고 뭐고 있을 건덕지가 없습니다. 전화로 이럴 게 아니라 일단 서로 좀 오셔야겠습니다.

잠깐 보이스 피싱이 아닌가 하던 의혹도 여기서 끊겼다. 보이스 피싱이라면 입금을 요구하지, 경찰서 출두를 요구할 리가 없다.

"바로 가겠습니다."

성찬은 혼란스러운 심정으로 전화를 끊었다. 근처에 있다가 본의 아니게 통화 내용을 듣게 된 현우가 놀란 표정으로 말했다.

"무슨 일이야? 누가 사고라도 났어?"

"아… 남동생한테 일이 좀 생긴 것 같아서요. 죄송한데 잠깐 나갔다 와도 될까요? 한창 바쁠 때인데 정말 죄송합니다."

현우는 두말없이 허락했다.

"괜찮으니까 다녀와. 이제 급한 건 다 끝났을 시간이니까. 너 오늘 충분히 일 많이 했다."

"감사해요, 형님. 갔다 와서 보고 드릴게요."

"그래. 연락해. 아, 내 차 타고 갔다 와라."

"감사합니다!"

차 키를 받은 성찬은 현우에게 제대로 인사도 못하고 뛰쳐나갔다.

그는 몸을 돌림과 동시에 거의 자동적으로 시간 정지를 발동했다.

조금이라도 시간을 단축하기 위해서였다. 뭔가 잘못되어서 동생이 경찰서에서 떨고 있다고 생각하니 이것저것 가릴 겨를이 없었다.

이제 정지시킬 수 있는 시간이 1분 30초나 되어서 효과가 꽤 커졌다. 1분 30초면 보통의 성인 남자가 달렸을 때 5백 미터는 갈 수 있는 거리였다.

더구나 성찬은 마력으로 인해 예전보다 육체가 비약적으로 강화되었다. 그 자신은 몰랐으나, 현재의 그는 100미터를 10초대에 끊는 것도 가능했다.

속도도 속도지만 더 큰 강점은 좀체 지치지 않는다는 것이었다.

100미터를 10초에 주파, 즉 거의 시속 360킬로미터대의 속도를 5분 이상 유지하며 먼 거리를 달릴 수 있는 것이다.

지금은 5분이 한계지만 육체가 마력으로 강화될수록 유지 가능한 시간도 점점 늘어날 터였다.

1분 30초의 시간이 멈췄다가 풀렸다. 덕분에 성찬이 현우의 차에 도착해서 시동을 걸기까지의 시간이 절약됐다.

"어?"

현우가 자기도 모르게 얼빠진 소리를 냈다.

눈을 잠깐 감았다가 뜬 사이에 성찬이 사라져 버린 것처럼 느껴졌다.

그는 멍하니 중얼거렸다.

"그놈 참, 힘만 센 게 아니라 빠르기도 엄청나게 빠르네."

제5장

응징하다

사색이 된 성찬이 경찰서로 뛰어 들어왔다. 어찌나 다급한 기색이었는지, 업무를 보던 경찰들이 놀라서 다 그를 쳐다보았다.

경찰서에 처음 와보기는 성찬도 마찬가지였다. 하지만 오, 경찰서란 이런 곳이로군 하고 느긋하게 내부를 감상할 여유가 없었다.

주위를 둘러보던 그는 곧 동생을 발견했다.

"성진아!"

"……형."

성진은 책상 앞에 형사와 마주 보고 앉은 채였다. 영화나 드라마에서 늘 그렇듯, 그와 형사의 얼굴 사이에는 노트북 컴퓨터 한 대가 놓여 있었다.

성진은 성찬을 보더니 고개를 푹 숙였다.

마치 땅속으로 파고 들어가 사라져 버리고 싶다는 듯한 동작이었다.

팔목에 찬 수갑에서 반사되는 빛이 성찬의 눈을 아프게 찔렀다.

가슴이 먹먹했다.

동생의 이름을 부르긴 했는데, 무슨 말부터 꺼내야 할지 모르겠다.

그는 살아생전 이런 광경을 보게 되리라고는 상상조차 못했다.

성찬은 그런 동생의 모습에 너무 속이 상해서, 순간적으로 시간을 멈춰 버리고 여기서 동생을 데리고 나갈까 하는 충동이 일었다.

하지만 성진에게 무슨 일이 일어났던 것인지 정확히 알아야 한다는 생각으로 눌러 참았다. 어차피 경찰에게 동생의 신상과 자신의 연락처도 알려진 후였다. 회피한다고 될 일이 아닌 것이다.

그렇다고 과거로 돌아가서 없던 일로 만들기도 곤란했다.

현재 성찬 혼자의 힘으로 역행이 가능한 최대 허용 시간은 1분에 불과했다. 1분 전으로 돌아가 봐야 아무 의미가 없었다.

그나마 지난 번 브레이커와 대결한 영향으로 늘어난 게 그 정도였다. 40초에서 20초가 더 늘어나 1분이 된 것이다.

아스트라가 마력을 주입하여 도와주지 않는 한, 원하는 시간대까지 역행을 시키기에는 불가능한 상황이었다.

성찬은 본래 자신의 힘을 사적인 용도로 쓰는 걸 최대한 자제해 왔다. 자칫 마법에 휘둘릴까 두려웠기 때문이다.

인간은 본능적으로 편한 것을 추구하는 습성이 있다.

마법이 가진 어마어마한 잠재력과 파워.

거기 사로잡히게 되면, 걸핏하면 마법으로 모든 문제를 해결하려 들 것이다. 더 나아가 엉뚱한 생각을 품게 될지도 모른다.

그런 그가 순간적으로나마 마법으로 동생을 빼낼 생각을 했을 정도로 충격을 받았다.

'침착하자. 김성찬. 일이 이렇게 된 데는 분명 뭔가 피치 못할 이유가 있을 것이다. 정말 경찰이 말했던 대로 강도 미수에 각성제 소지 혐의라면… 최악의 경우 성진이가 소년원에 가게 될 수도 있다. 내가 정신을 바짝 차려야 성진이를 구할 수 있다.'

성찬은 마음속으로 각오를 다졌다.

'녀석이 부모님께 먼저 연락을 안 하고 굳이 나를 부른 것도, 내게 기대하는 게 있기 때문일 거야. 하긴, 아버지는 그렇다 치고 어머니가 아시면 뒷목 잡고 쓰러지실지도 모르지.'

형사가 성진의 옆자리를 가리켰다.

"김성찬 씨? 일단 여기 앉으시죠."

"전화 주셨던……."

"예. 제가 이종석 형사입니다."

두 사람은 간단히 악수를 나누는 걸로 인사를 대신하고 바로 본론으로 들어갔다.

불행 중 다행이랄까. 형사는 크게 고압적인 태도를 보이지 않았고 대체로 친절했다.

"대체 어떻게 된 겁니까?"

성찬의 물음에, 이종석 형사가 한동안 사건에 대해 대략 설명했다.

그의 말을 듣던 성찬이 확인하듯 반문했다. 도저히 믿기지 않아서였다.

"그러니까, 성진이가 각성제에 취한 상태에서 편의점에 뛰어들어 강도질을 하려 했다고요?"

"각성제에 취한 건 아니고요. 소지하고 편의점에 들어와 돈을 요구했다고 합니다. 당시 일하고 있던 여자 아르바이트생이 거기에 상당한 압박감을 느꼈기 때문에 강도 미수로 분류할 수밖에 없습니다."

성찬은 그 말에서 이상함을 느꼈다.

"압박감? 그리고 분류할 수밖에 없다니요? 왜 표현을 그런 식으로 합니까?"

"그게… 그때 손에 흉기가 없었기 때문에 좀 애매한 부분이 있긴 합니다."

"흉기가 없었다고요? 그럼 맨손으로 강도질을 하려고 했단 말입니까?"

"뭐, 맨손이라도 위협은 할 수 있으니까요."

성찬은 뭔가 이상한 낌새를 느꼈다. 그는 고개를 푹 숙이고 있는 동생에게 말했다.

"성진아. 고개 들어봐. 그때 무슨 일이 있었는지 정확하게 설명해 봐."

"……."

"네가 아무 말도 안 하니까, 당시 상황만 보고 형사님이 마음대로 추측을 하시잖아."

이종석 형사가 불쾌한 음성으로 입을 열었다.

"이봐요. 마음대로 추측을 한다니요. 동생 분은 현장에서 체포됐다고 말씀드리지 않았습니까."

"현장이라……. 그럼 신고를 받고 거기 도착하시기 전까지의 상황은 직접 못 보셨겠네요. 아니면 혹시 잠복수사라도 하셨습니까?"

"그건 아니지만……. 피해자가 있고 현장에서 잡혔습니다. 거기다 각성제까지 나왔는데 더 무슨 말이 필요합니까?"

"CCTV 확인은 하셨나요?"

"그러니까 그게 현장이라고……."

그때 성진이 천천히 고개를 들었다.

"형……."

동생의 얼굴을 본 성찬은 깜짝 놀랐다.

아까는 마음이 급한 데다 거리가 있어서 제대로 못 봤는데, 왼쪽 뺨에 울긋불긋하게 커다란 피멍이 들어 있었던 것이다.

성찬의 목소리가 거칠어졌다.

"뭐야, 이거? 혹시 애를 때렸습니까?"

이종석 형사가 당황한 기색으로 즉시 변명했다.

"아닙니다. 저희가 도착했을 때 이미 그런 상처가 있었습니다."

"정말입니까?"

"확실합니다. 동생 분께 물어보세요. 요새 경찰에서 함부로 피의자한테 손 대고 그러지 않습니다. 인터넷에 올라가기라도 하면 무슨 난리가 나려고요."

성찬 자신은 몰랐지만, 동생의 다친 얼굴을 보고 화가 난 순간 투기와 살기로 형태를 바꾼 마력이 은은하게 뿜어져 나왔다.

이를 감지한 형사는 기가 꺾여 버렸다. 자기도 모르게 변명하듯 억울함을 토로했다.

성찬이 보니 그가 거짓말을 하는 것 같진 않았다. 그의 말마따나 인터넷에 올라오기라도 하면, 즉시 SNS를 타고 퍼진다.

선거를 앞두고 가뜩이나 민심에 민감한 요즘이었다. 성진의 얼굴도 알려져 버리겠지만, 서장이 대기발령 받는 것 정도는 대수롭지 않은 일이 될 수도 있다.

"성진아. 네 얼굴 누가 이런 거야?"

성찬의 물음에 성진이 망설이다가 답했다.

"편의점… 아줌마가."

"편의점 아줌마? 여자 아르바이트생이라는 게 아줌마야? 그럼 네가 가게에 들어가서 돈을 달라고 협박을 하긴 한 거냐?"

"아냐, 형."

성진이 펄쩍 뛰었다. 성찬은 흔들리는 동생의 눈동자에서 다 말하지 못한 속사정이 있음을 감지했다.

"이런 상황까지 왔는데 뭘 자꾸 숨기려고 그래? 그냥 다 털어봐."

"……."

"형은 네가 하는 말 다 믿을 테니까. 대신 거짓말이라면 그 책임은 네가 져야 한다. 나는 네 말이 백 퍼센트 진실이라고 믿고 처리할 거거든."

무조건 네가 하는 말을 진실이라고 믿겠다. 성찬이 이 정도로까지 절대적인 믿음을 표한 때문일까. 마침내 성진은 뭔가 결심한 듯 입을 열었다.

*   *   *

얼마 후, 성찬은 이종석 형사와 함께 문제의 편의점 앞에 와 있었다. 그는 수사상의 몇 가지 허점들을 짚어내는 데 성공했다.

첫 번째는 CCTV를 철저하게 확인하지 않은 것이다.

두 번째로는 아무리 피해자라고는 해도, 편의점 점원의 말만 전적으로 수용하여 일을 처리한 부분 등에 성찬이 적극적으로 문제를 제기한 것이 받아들여졌다.

그 결과, 결국 다시 현장으로 와서 일종의 대질심문을 하게 되었다.

이종석 형사는 성가신 일이 늘어났다고 느꼈는지 잔뜩 인상을 썼지만 거부하지 못했다. 성찬은 형사를 대동하고 편의점으로 들어섰다.

"어서 오세요."

편의점 점원이 건성으로 인사를 했다. 점원은 40대 중반 정도 된 여성이었다. 억척스러운 반면 억센 느낌을 주기도 했다.

그녀는 멀쩡한 모습으로 일을 하고 있다가 형사를 알아보고 눈살을 찌푸렸다.

"또 무슨 일이에요? 장사 방해되게."

"이쪽이 그 학생 형님 되는 분인데, 당시 상황을 좀 더 정확하게 들어보고 싶답니다."

이종석 형사의 말에 점원의 눈꼬리가 사납게 치켜 올라갔다.

"뭐요, 형님? 그 강도 새끼 형이면 당장 나한테 무릎 꿇고 빌어도 모자랄 판에, 지금 오히려 날 취조라도 하겠다는 건가요?"

그녀는 화가 나자 입에서 악취를 풍기기 시작했다.

"그게 아니라……."

여자의 기세가 워낙 험악해서 형사가 오히려 쩔쩔맬 지경이었다. 옆에서 보고 있던 성찬이 나서서 허리를 깊숙이 숙였다.

"아주머니. 우선, 제 동생 때문에 놀라고 피해 입으신 점

진심으로 사과드립니다."

"으흠. 흠. 여기 찾아와서 이러는 것도 민폐예요. 난 더 할 말 없으니까 경찰서 가서 해결하세요."

"아주머니. 그 녀석 이제 겨우 열일곱 살입니다. 한 아이의 인생이 달린 일입니다. 확실하게 말씀해 주세요. 정말 제 동생이 강도질을 하려고 했습니까?"

성찬이 묻자, 점원은 버럭 화를 냈다.

"그럼 지금 내가 없는 말을 지어서 하기라도 했다는 거예요?"

그 반응이 확실히 뭔가 부자연스러웠다.

순간, 성찬의 눈빛이 날카로워졌다.

"아니요. 제 동생한테 들은 거랑은 얘기가 좀, 아니, 많이 달라서요."

"뭐, 뭐가 다르다는 거죠? 가족한테는 당연히 자기가 억울하다고 했겠죠."

"당시 동생은 이렇게 말했다고 하더군요. 제가 토씨 하나 안 틀리게 정확히 말해보겠습니다. 이모, 제가 밖에 있는 형들한테서 협박을 받아서 그러는데, 제 학생증 맡길 테니까 적당히 돈 좀 주실 수 있어요? 그럼 나중에 제가 와서 그 돈 이자까지 쳐서 꼭 드릴게요. 맞습니까?"

"뭐 그랬던 것 같기도 하고, 아닌 것 같기도 하고. 정확히 기억이 안 나요."

"그러자 아주머니께서, 무슨 개수작이냐고 대뜸 뺨을 후려치고 경찰에 신고를 하셨다면서요?"

"…그, 그건 내용이야 어쨌든 난 충분히 위협을 느꼈으니까요! 영업 중인 가게에 와서 초면인 사람이 돈을 빌려달라는데, 그거랑 강도질이랑 뭐가 달라요? 때린 것도 당연히 정당방위죠."

상대가 화를 내고 당황할수록 성찬은 더욱 침착해졌다.

"그러니까 CCTV를 보자는 겁니다. 대화 내용은 안 나오겠지만 분위기나 태도만 봐도 어느 정도는 상황을 짐작할 수 있으니까요."

"내가 그걸 왜 보여줘야 되죠? 난 피해자인데?"

돌아가는 걸 보고 뭔가 이상한 눈치를 느꼈는지, 이종석 형사가 두 사람의 대화에 끼어들었다.

"아주머니. 피의자도 방어권이 있습니다. 자신에게 도움이 되는 증거가 있다면 제출을 요구할 수 있다는 거죠. 또 CCTV는 명확한 상황 판단을 위해서 어차피 제출해야 할 자료입니다."

"…알겠어요. 이쪽 컴퓨터에 녹화되고 있을 거예요."

마지못해 CCTV 녹화 영상이 들어 있는 컴퓨터를 알려준 점원은 안절부절못했다. 그러더니 돌연 이상한 행동을 했다.

폴더를 찾는 척하더니, 해당 날짜의 동영상 파일이 들어 있는 폴더를 통째로 휴지통에 넣어 삭제해 버린 것이다.

"아니, 지금 뭐하시는 겁니까?"

한발 늦게 눈치챈 형사가 펄쩍 뛰었다. 물론 휴지통에서 삭제한 파일도 프로그램을 써서 얼마든지 복구 가능하지만, 그러려면 컴퓨터의 압수 신청을 해야 하는 등 절차가 복잡해졌다.

사소하다면 사소하다고 할 수 있는 이런 사건에서 그 절차를 요청하고 밟기란 쉽지 않았다. 점원은 당황한 척하면서도 의기양양하게 말했다.

"어머. 제가 지난 날짜 것인 줄 알고 실수로……. 호호. 하드 용량이 얼마 안 남았기에 지워 버렸네요. 죄송해서 어쩌죠? 휴지통에서 삭제했으니 복구도 안 될 텐데."

그녀는 아무래도 컴퓨터에 대해 잘 알지는 못하는 듯했다. 휴지통에서 삭제한 파일이라도 복구 가능하다는 점까지는 몰랐던 것이다.

점원에게 뭔가 구린 게 있다는 사실은 그녀의 태도에서 명확해졌다.

순간, 성찬이 마법을 발동했다.

시간 역행!

시간은 순식간에 1분 전의 과거로 회귀했다. 점원이 해당 폴더를 삭제하기 바로 직전이었다.

역행시킬 수 있는 시간은 길지 않았지만 이 정도면 충분했다.

이미 무슨 일이 일어날지 알고 점원을 지켜보던 성찬이 그녀의 손과 함께 마우스를 붙잡았다.

"잠깐만요. 그거 지우시면 안 되죠. 오늘 날짜 폴더잖아요."

"어머, 이 사람이 어딜 잡는 거야? 이거 안 놔요?"

점원이 짐짓 성찬의 손을 뿌리치며 이번에는 노트북을 팔꿈치로 쳐서 테이블 아래로 떨어뜨리려 했다.

이 형사가 재빨리 노트북을 붙잡았다. 그는 아까부터 점원의 행동이 뭔가 이상함을 깨닫고 있었다. 그가 미심쩍다는 투로 말했다.

"지금 혹시 증거 인멸하려고 그러시는 겁니까?"

"아, 아니요. 그게 아니라……."

"이제 됐으니까 물러나 계시죠."

점원을 자리에서 비키게 한 성찬과 이종석 형사는 한 장면이라도 놓치지 않겠다는 듯이 화면을 뚫어져라 쳐다보았다.

동영상이 재생되자 점원은 어쩔 수 없다는 듯 비칠비칠 물러났다. 그런 그녀의 얼굴에 초조함이 가득했다.

흑백 화면 속에서 아무도 없던 편의점에 한 학생이 들어왔다.

성진이었다.

성진은 잠시 주저하더니, 카운터로 다가가 뭔가 열심히 설명을 했다.

법적으로 음성 녹음을 못 하게 되어 있었기 때문에 목소리는 들리지 않았다.

성진은 지갑에서 학생증으로 보이는 물건을 꺼내 점원에게 보여주기도 했다.

그리고 연신 고개를 꾸벅꾸벅 숙이고 허리를 굽혔다. 거기까지의 태도에서 위협적인 모습은 전혀 찾아보기 힘들었다.

허리에 양팔을 얹고 노려보던 점원이 별안간 성진의 뺨을 풀 스윙으로 후려갈겼다.

성찬과 이 형사는 '철썩!' 하는 소리를 들은 것 같은 기분이 들었다.

건강한 고교생인 성진이 비틀거리다 못해 풀썩 주저앉았을 정도의 따귀였다.

그 장면을 보는 순간, 성찬은 눈에서 불꽃이 튈 정도로 화가 났다. 이 형사가 자기도 모르게 힐끔 그의 눈치를 보았다.

성찬은 애써 눌러 참고 계속 영상을 응시했다. 아직은 화를

낼 타이밍이 아니었다.

성진이 주저앉자, 점원은 얼른 스마트폰을 꺼내 어디론가 전화를 걸었다. 경찰서에 신고하는 듯했다.

망연히 주저앉아 있던 성진은 자꾸만 가게 바깥쪽을 돌아보았다.

누군가 밖에서 그를 지켜보고 있기라도 한 듯한 태도였다.

화를 내거나, 반항하거나, 하다못해 도망가려는 기색도 보이지 않았다. 얼마 후 경찰들이 들이닥쳤다.

성찬이 체포되어 가는 모습까지 본 이 형사가 나직한 한숨과 함께 점원 쪽으로 고개를 돌렸다.

"후우……."

그의 표정은 상당히 좋지 않았다.

성진이 딱히 위협적으로 보일 행동을 하지 않았음을 확인했고 점원이 일방적으로 먼저 폭행을 가한 것도 자기 눈으로 봤기 때문이다.

그가 2옥타브는 낮아진 목소리로 말했다.

"아주머니. 이게 어떻게 된 겁니까? 저희한테 말씀하신 것과 완전히 다르잖아요. 학생이 먼저 위협을 가하는 바람에 정당방위 차원에서 어쩔 수 없이 뺨을 때렸다면서요? 이건 아무리 봐도 뭔가 말하는 중인 사람을 아주머니가 먼저 치신 건데요?"

"그, 그놈이 말로 협박했다니까요?"

"저렇게 연신 손을 모으고 꾸벅거리면서요? 그게 말이 됩니까?"

답이 궁해진 점원이 빽 소리를 질렀다.

"아니, 강도 새끼 말만 믿고 선량한 시민을 추궁하는 거예요, 지금? 내가 인터넷에 확 다 올려서……."

우뚝!

순간, 그녀의 몸이 얼어붙었다.

성찬과 눈이 마주친 것이다.

성찬은 아무 말 없이 점원을 바라보고 있었다.

그는 전혀 위협적인 몸짓을 취하지 않았다. 그렇다고 딱히 눈을 부라리거나 하지도 않았다.

그저, 차갑게 가라앉은 눈으로 그녀를 응시하기만 할 뿐이었다.

그럼에도 불구하고 점원은 숨이 막히는 듯한 공포를 느꼈다. 그것은 바로 죽음의 공포에 다름 아니었다.

'히이이이익!'

그녀는 성찬의 등 뒤로 너울거리는, 시커멓고 거대한 그림자를 얼핏 본 듯한 착각을 일으켰다.

그의 눈동자가 끝없는 암흑처럼 느껴지며 그 속으로 당장에라도 끌려들어갈 것 같았다.

우당탕!

점원은 갑자기 자리에서 벌떡 일어나더니 뒤로 황급히 물러났다.

그 바람에 벽에 부딪치면서 진열대에 있던 책과 물건 따위를 떨어뜨렸다.

이 형사가 의아하다는 투로 말했다.

"또 뭐하십니까?"

"저, 저 사람이!"

점원이 떨리는 손으로 성찬을 가리켰다.

힐끗 성찬을 본 형사가 짜증 섞인 투로 대꾸했다.

"이 사람이 뭐요? 내 바로 옆에서 아무 말도 안하고 가만히 앉아 계셨구먼. 자꾸 괜한 짓 그만하고 빨리 설명이나 해보세요. 상황이 어떻게 된 건지."

점원의 행동에는 당사자인 성찬도 이상함을 느꼈다.

'저 아줌마, 갑자기 왜 저래? 내가 뭘 어쨌다고.'

그는 그저 그녀를 잠깐 바라봤을 뿐이었다.

아주 짧은 순간, 그 시선에 분노와 증오라는 감정을 담긴 했지만.

동생의 뺨을 후려친 영상을 본 탓에 가뜩이나 화가 나 있었는데, 죄가 확실하지도 않은 동생을 향해 그녀가 강도 새끼라는 말을 계속 입에 올렸다. 이에 성찬은 자신도 인지하지 못

하는 사이, 순간적으로 그녀에 대해 살의에 가까운 충동을 느꼈다.

이 자리에 아스트라가 있었다면, 그때의 성찬의 눈빛이 리온의 그것과 흡사했음을 알아챘을 터였다. .

소위 '무저갱의 눈'이라는 것이다.

눈에 소름끼치는 살기를 담아, 자신보다 정신력이 약한 상대라면 보는 것만으로도 기를 꺾고 제압하는 능력.

이상하게도 그 후부터, 점원은 숨겼거나 자신에게 유리하도록 조작하여 진술했던 일들을 술술 털어놓기 시작했다. 그 내용은 성진이 말한 것과 거의 똑같았다.

물론 그녀가 갑자기 어린 학생의 장래에 대해 동정심이 생겨났다거나, 양심의 가책을 느껴서는 결코 아니었다. 그저, 솔직하게 말하지 않으면 뭔가 큰 봉변을 당할 것만 같은 두려움에 사로잡힌 탓이었다.

저 형이라는 작자가 나중에 분명히, 그것도 뭔가 끔찍한 복수를 할 거라는.

"그러니까… 그 학생은 정말 그렇게 말했다는 거지요? 학생증 맡길 테니 돈 좀 빌려달라고. 자기가 지금 밖에 있는 형들한테 협박을 당해서 그렇다고요. 그 과정에서 위협적인 말이나 태도는 전혀 취하지 않았고."

이 형사의 물음에 점원이 즉각 답했다.

"네, 네. 그런데 요새 세상이 하도 험해서 전 그 애도 한통속인 줄 알았거든요."

"뺨은 왜 치셨어요?"

"그건… 강도라고 생각하니까 저도 모르게 화가 나서……."

형사의 얼굴에 급격히 짜증이 어렸다. 그는 깨끗이 청소해 둔 바닥에 침을 한 번 퉤 뱉는 걸로 자기 기분을 대신 표현했다.

'이 아줌마가, 누구 밥줄 끊을 일 있나?'

점원의 말만 믿고 사건을 진행했다가 하마터면 큰 봉변을 당할 뻔하지 않았는가.

이 형이라는 사람이 지금까지 일을 진행하는 모양새를 보니 결코 만만한 상대가 아니었다.

굽혀야 할 때는 굽히면서, 상대의 허점을 예리하게 파고들었다.

뭣보다 제일 무서운 건, 동생을 위해서라면 어떤 일이라도 할 수 있을 것 같다는 느낌이었다.

만약 이 일이 매스컴에 보도되고 경찰을 대상으로 역고소라도 들어오면 일이 커질 수도 있었다.

결국 이 형사는 점원에게 살짝 '압박'을 넣어주기로 했다. 그가 처리하기 성가시다고 느낀 사건에 대해 즐겨 사용하던 방식이었다. 이렇게 압박을 가하면 대부분의 상대는 고소를 취하했다.

"아주머니. 지금 다시 들어보니까 그런 건 강도가 아니죠. 그렇게 따지면 길에서 차비 좀 빌려달라고 하는 취객들이나 사기꾼들도 다 강도 혐의로 잡아넣어야 해요. 게다가 아주머니가 별 이유도 없이 먼저 폭력을 휘두르셨네요. 오히려 폭행죄로 고소당할 수도 있어요."

"포, 폭행죄요?"

"진짜 아니었다 싶으면 뺨 한 대 치고 그냥 내쫓으셔서도 됐겠구먼. 경찰에 신고는 또 왜 하셨어요? 괜히 일이 복잡해졌잖아요."

형사는 자기도 모르게 본심을 드러내어 말하면서도, 점원이 신고한 이유가 짐작이 갔다. 아마 합의금을 노렸을 것이다.

맨 처음 성진을 봤을 때 이 형사도 의아함을 느꼈다. 성진이라는 학생은 크게 부유해 보이진 않았지만, 그가 지금껏 보아온 수많은 비행청소년이나 범죄자들과는 분위기 자체가 달랐기 때문이다.

오히려 평범한 집에서 사랑받으며 자랐다는 분위기를 물씬 풍겼다.

요즘 애들이 아무리 위험하고 어디로 튈지 모른다고 해도,

성진은 그런 부류에 속하지 않는다고 장담할 수 있었다. 거기에 일 년치 보너스를 걸라면 걸 수도 있었다.

그런 학생이 왜 갑자기 뚜렷한 이유도 없이 강도질을 하려 했는지 도무지 알 수가 없었다. 당연히 성진의 집에서는 어떻게든 아들을 전과자로 만들지 않기 위해 애를 쓸 것이다.

재판 과정에는 피해자의 합의서가 큰 역할을 한다. 당연히 합의서는 맨입으로 써주지 않는다. 그렇게 합의를 해주는 조건으로, 점원의 입장에서는 경우에 따라 거금을 불러볼 수도 있었다.

편의점 점원의 시급이라 봐야 5천 원 남짓이었다.

몇 달 일해야 만질 수 있는 돈을 한 방에 벌 기회였으니 순간적으로 유혹에 넘어간 건 이해가 갔지만, 상대가 나빴다.

성찬은 일이 거의 끝났음을 느꼈다. 아니나 다를까, 점원이 십 년은 늙어버린 듯한 얼굴로 성찬에게 오히려 고개를 숙였다.

"죄송합니다. 제가 순간적으로 다른 생각을 했어요. 즉시 고소를 취하할 테니, 그냥 없던 일로 하고 넘어가 주실 순 없을까요?"

마음 같아서는 폭행죄에 무고죄까지 덮어씌워 복수해 주고 싶었다.

하지만 성찬은 지금이 적절히 타협해야 할 때임을 깨달

왔다.

"알겠습니다. 어쨌거나 제 동생 때문에 잠시나마 놀라고 당황하신 건 사실이니까요. 솔직히 말씀해 주셔서 감사합니다."

성찬은 점원에게 인사를 하고 편의점을 나왔다. 잠시 후, 당혹스런 기색이 역력한 이 형사가 그 뒤를 따랐다. 그는 쭈뼛거리며 성찬의 옆에 다가와서 말했다.

"이거… 정말 미안하게 됐습니다. 이런 경우가 드문데……."

"괜찮습니다. 상황이 애매하긴 했으니까요. 다만 강도에 대한 부분은 확실하게 혐의 없다는 쪽으로 처리해 주시면 좋겠습니다."

"당연하지요. 저도 일이 이렇게 된 줄은 생각도 못했습니다. 대신, 각성제 소지 및 복용 혐의 부분은 저도 어쩔 수가 없습니다."

"어떤 종류의 약입니까?"

"성분 결과가 나와봐야 알겠지만 중독성이 심한 신형 각성제로 의심됩니다. 소변 검사 결과는 이미 각성제 복용이 확실하다고 나왔고요."

잠시 생각하던 성찬이 물었다.

"만약 애초에 그게 각성제라는 걸 모르고 먹었을 때는 어떻게 됩니까? 혹은 협박을 당해서 먹은 경우라거나."

"음······. 그러면 어느 정도 정상 참작은 되겠지요."

"알겠습니다. 제가 좀 알아보고, 몇 시간 후에 다시 찾아뵙도록 하겠습니다."

성찬은 말끝에 봉투 하나를 꺼내 이 형사의 손에 슬쩍 쥐어주었다.

"그사이에 제 동생 좀 잘 부탁드립니다. 밥도 먹여주시면 고맙고요."

"아니, 뭘 이런 걸······."

"그 녀석 밥이나 좀 챙겨주라고 드리는 겁니다."

"어허, 이거 참."

이 형사는 못 이기는 척 봉투를 받았다.

그는 입이 헤벌어지려는 걸 감추려고 애썼다. 손끝에 느껴지는 감각이, 저녁 한 끼 사줄 돈이라기에는 지나치게 두툼했다.

성찬은 확 달라진 형사의 태도를 느끼고 내심 쓴웃음을 지었다.

물론 그가 취한 행동이 좋은 것은 아니었다. 상대가 청렴한 형사였다면 뇌물공여죄를 적용시켰을 수도 있다.

하지만 대한민국에 이미 만연해 있는, 그래서 안 하는 사람이 손해인 방법이기도 했다.

성찬은 이렇게 해서 동생을 조금이라도 편하게 해줄 수 있다면, 이 정도 잘못은 아무 죄책감 없이 저지를 수 있었다.

애초에 강도 혐의로 신고하여 체포된 형사 사건이기에, 점원이 고소를 취하하고 말고 할 절차도 필요 없었다.

점원이라는 증인도 있고 CCTV 화면이라는 증거도 있으니, 아마 강도에 대한 부분은 무혐의 처리가 될 것이다.

이 형사는 성찬을 가까운 지하철역에 내려주고 경찰서로 향했다. 봉투를 건넨 효과인지는 몰라도, 그는 성찬에게 제법 진심에서 우러나오는 충고를 했다.

"뭐하시려는 건지는 모르겠지만 너무 서두르지 마세요. 자칫 일을 그르칠 수도 있으니까요. 뭐, 하루 이틀 유치장에서 지낸다고 큰일이 나는 것도 아니고."

"아무튼 있다가 다시 뵙겠습니다. 성진이한테도 그렇게 전해주세요. 자정 전에 돌아온다고."

"거 참……. 알겠습니다."

이 형사의 차가 그 자리를 떠났다. 성찬은 지하철역으로 내려가며 생각에 잠겼다.

갑자기 왜 점원의 태도가 돌변하여 협조적이 됐는지는 아직 잘 모르겠지만, 그녀의 말로 미뤄볼 때 아마도 폭행으로 역고소를 당할 게 두려워서 그러는 게 아닌가 짐작되었다.

성찬은 그녀가 자신의 살기와 투기, 정확히 말하면 '무저

갱의 눈'에 겁을 먹은 게 원인이라고는 전혀 생각지 못했다.

'일단 한 가지는 됐고……'

문제는 각성제 소지에 대한 부분이었다. 성찬은 여기에 대해서도 이미 동생에게 들은 바가 있었다.

그는 성진의 말을 한 번 더 찬찬히 되새겨 보았다. 지금부터 한 치의 착오도 있어서는 안 되었다.

'불곰이랑 학성이라고 했나?'

처음에는 집중 잘 되는 영양제라고 말하며 학교 앞에서 공짜로 나눠줬단다.

호기심에 먹어본 성진은, 실제로 공부할 때 예전보다 더 집중이 잘되고 졸리지 않는다는 느낌을 받았다. 각성 효과에 의한 것이다.

그러나 이는 일시적인 현상일 뿐, 곧 금단 증상과 고통에 시달렸다.

일정 시간 이상 각성제를 먹지 않으면 머리가 멍해지고 있어서 깨질 듯이 아팠다. 결국 다시 약을 찾을 수밖에 없었다.

학성은 일명 '코코아'라 부르는 각성제의 가격을 조금씩 높여갔다.

처음 몇 번은 공짜로 나눠주다가, 확실하게 중독됐다 싶은 상대에게는 5그램짜리 봉투 하나당 5만 원, 10만 원, 나중에는 50만 원까지 불렀다고 했다.

각성제에 빠져들게 하여 돈을 뜯어내는 전형적인 수법이었다.

약값은 곧 학생들의 용돈으로 감당하기 불가능해졌다. 그러면 아이들은 부모님의 지갑에 손을 대거나 친구의 돈을 훔쳤다.

자신보다 약한 아이들의 돈을 빼앗기도 했다. 혹은 학성이 시키는 '심부름' 의 대가로 약을 얻기도 했다. 당연히 좋은 내용의 심부름은 아니었다.

중독된 학생들은 부모님이나 선생님께 그런 사실을 말씀드리거나 경찰에 신고하는 방법은 생각도 못했다.

그랬다가 자신까지 처벌을 받을 게 두려웠고 무엇보다 그렇게 되면 더 이상 각성제를 먹지 못하게 된다는 게 제일 두려웠다.

각성제 중독은 그 정도로 심각했다.

약에 한해서는 거의 이성을 마비시키는 것이다. 보통 사람이 상식적인 수준에서 생각할 때 말도 안 되는 일을 하게 만든다.

그러다 몸과 마음이 천천히 파괴되어 결국 폐인으로 만드는 것.

그게 마약이고 각성제였다.

마약류 문제가 심각하다는 사실은 성찬도 뉴스를 통해 본

적이 있지만 남의 얘기인 줄만 알았다. 그것이 학교에까지 퍼져 있으리라고는 상상조차 못했다.

성진에게서 처음 '코코아'라는 단어를 들었을 때, 그리고 그 약을 건넨 놈들의 인상착의를 들었을 때 그는 죽고 싶을 정도로 후회했다.

'놈들이 분명해.'

며칠 전, 버스 안에서 여성을 성희롱하던 놈들과 동일인임이 확실했다.

어울리지 않게 코코아 운운하던 양아치 깡패들. 그러고 보니 놈들이 내린 정류장이 바로 성진과 성주가 다니는 고등학교가 있는 동네의 정류장이었다.

'내가 그때 조금만 더 관심을 가졌더라면. 그 코코아인지 뭔지를 빼앗아서 조사라도 해봤다면. 하다못해 그 정류장이 동생들이 다니는 학교 정류장이었다는 사실만 기억했어도…….'

그랬다면 동생이 경찰에 체포되는 일까지는 벌어지지 않았을 것이다.

후회해 봤지만 이미 늦은 후였다.

'아니, 아직 늦지 않았다.'

다행히 일이 최악의 상황으로 가기 전에 저지했다. 이제 한 가지 일만 더 처리하면, 성진은 무사히 나올 수 있을 것이다.

성찬의 눈빛이 차갑게 가라앉았다.

*　　　*　　　*

자정이 가까운 시간이었다.

성진과 성주 남매가 다니는 학교에서 학생들의 모습은 사라진 지 오래였다. 방과 후 교실에서 공부하던 학생들도 모두 귀가하고, 남은 거라곤 늙은 경비원과 숙직 교사뿐이었다.

그러나 그들도 굳이 운동장을 가로질러 으슥한 야외 화장실까지 둘러볼 생각은 하지 않았다.

학성과 불곰은 늘 거래 장소로 이용하던 학교 야외 화장실에서 새로운 거래자를 기다리고 있었다.

야외 화장실에는 CCTV가 없는 데다, 교내에 있어서 순찰 도는 짭새들 눈에 띌 일도 없었다.

정말 그들을 위해 만든 장소라고 해도 무방할 정도였다. 마음 편하고 안전한 거래를 위해서라면, 코를 찌르는 암모니아 냄새 정도는 감수할 만했다.

"형. 진짜 괜찮을까?"

퍽! 불곰의 세 번째 물음에 학성이 기어이 참지 못하고 그의 머리를 쥐어박았다.

"괜찮다고, 병신아!"

그러나 학성은 금세 후회했다. 때린 주먹이 오히려 아팠기 때문이다.

그는 아픈 손을 부여잡고 질린 얼굴로 불곰을 노려보았다.

'하여간, 나긴 난 놈이야. 이놈이랑 제대로 붙으면 난 아마 묵사발이 되겠지. 멍청해서 내 말을 잘 들으니 다행이라니까. 아니지. 이놈을 미리 길들여 둔 나의 안목이 빛난 거지.'

불곰은 학성에게 맞은 머리를 긁적이며 말했다.

"편의점 앞에 경찰차가 왔었는데. 경찰 아저씨들이 우리 봤으면 어떡하지?"

불곰이 유일하게 두려워하는 게 경찰 아저씨였다. 그 무서운 형님들이 경찰 아저씨들에게 꼼짝도 못하고 붙잡혀 가는 광경을 본 적이 있기 때문이다.

또 그가 따르는 학성이 경찰이라면 설설 기는 것도 원인이었다.

불곰의 우려에, 학성이 퉁명스럽게 대꾸했다.

"쳇. 우리가 시켰다는 증거가 어디 있어? 편의점 CCTV에도 전혀 안 나오게 멀리 떨어져 있었잖아."

"그럼 성진이가 우리가 시켰다고 경찰 아저씨들한테 말하면?"

"그 새끼, 말 못해."

"왜?"

"코코아 금단증상도 금단증상이지만 사실 그 새끼는 초기라서 그렇게 심각하진 않아. 그보다……."

학성이 음흉하게 웃었다.

"김성주가 우리 학교에 다니잖아. 김성주 알지? 그 새끼 누나 말이야. 경찰한테 허튼 소리 하면 네 누나를 걸레로 만들어 버리겠다고 했거든."

"걸레? 헤에……."

불곰의 표정이 묘해졌다. 뭘 상상하는지 입을 헤벌리고 코를 벌름거렸다.

그는 지능이 떨어지는 탓에, 이제야 한창 성에 대해 호기심이 생겨나고 있었다.

그런 불곰의 얼굴을 본 학성은 알 수 없는 혐오감이 일었다.

마치 짐승이 사람을 탐하는 걸 본 것 같은 기분이라고나 할까.

"이상한 생각 하지 마, 인마. 그년은 내 거니까. 안 그래도 하도 예뻐서 한 번 먹어보고 싶었는데 어찌나 찬바람이 씽씽 부는지 말 걸기도 어렵더라고. 또 전교 1등이라 선생들이 엄청 끼고 돌잖아."

"서, 성주. 예뻐. 헤헤."

"예쁘지. 하지만 지 동생 죽는다고 하면 아무리 얼음 여왕이라도 안 나오고 배겨? 흐흐. 그렇게 불러내서 확 따먹어 버리는 거지."

"하긴. 성주 성격에 그런 말을 들으면 나올 수밖에 없겠지. 걔가 겉으로는 차가워 보여도 가족을 생각하는 마음은 끔찍하거든."

"내 말이⋯⋯. 헉! 누구야!"

무심코 대꾸하던 학성은, 직전에 말한 사람이 불곰이 아니라는 사실을 깨닫고 깜짝 놀랐다.

누군가 천천히 야외 화장실로 걸어 들어오고 있었다.

오늘 거래하기로 한 놈인가 하고 유심히 보던 학성이 오만상을 썼다.

그의 기억에 전혀 없는 얼굴이었다. 뭔가 일이 꼬였음을 느낀 것이다.

'씨발, 짭새인가? 성진이 그 새끼가 진짜 찌른 거야? 같이 죽자 이거야?'

학성은 갑작스런 불청객의 등장에 당황해서, 그가 방금 성주를 안다는 투로 말했다는 사실을 깜빡 잊었다.

야외 화장실을 찾은 불청객의 정체는 다름 아닌 성찬이었다.

그는 놈들이 이 시간쯤에 다른 학생과 약을 거래하기로 했다고 성진에게서 들은 대로, 시간 맞춰 이 장소로 왔다. 그리고 마주친 두 사람을 한 눈에 알아보았다.

역시 그의 예상대로 아침에 버스 안에서 본 놈들이었다. 워낙 개성이 강한 놈들이라 기억에 또렷이 남아 있었다. 심지어 옷차림도 그대로였다.

"임학성이랑 불곰. 맞냐?"

성찬의 물음에 학성이 뜨악한 표정을 지었다. 처음 보는 놈이 자기 이름까지 알고 있다. 뭔가 상당히 찜찜한 느낌이 들었다.

'형사 같지는 않은데. 뭐야, 이놈은?'

어린 나이일 때부터 경찰서를 제 집 드나들듯이 한 학성은 경찰, 그중에서도 강력계 형사 특유의 분위기를 잘 알고 있었다.

그들에게서는 학성이 모시는 '형님'들과 거의 비슷한 냄새가 났다.

그것은 폭력의 냄새와 굶주린 육식동물의 냄새였다. 상대하는 놈들이 그런 야수들이다 보니, 더 악랄하고 강해지지 않으면 배겨내기 어려운 까닭이다.

짐승을 상대하려면 사냥꾼이 되거나 더 사나운 짐승이 될 수밖에 없다.

하지만 지금 눈앞에 선 사내는 전혀 그런 낌새가 느껴지지 않았다. 아무리 뜯어봐도 위협적이기는커녕 샌님으로밖에 안 보였다.

학성이 버럭 소리라도 지르면 쫄아서 도망칠 것 같았다. 그는 그러고 싶은 유혹을 겨우 눌렀다. 만약 그랬다가 사복형사이기라도 하면 낭패다.

그는 상대가 누군지 알아내기 위해, 입을 꾹 다문 채 나쁜 머리를 굴렸다. 잠시 고민한 것만으로도 머리에 쥐가 날 것 같았다.

'경찰이 아니면 선생인가?'

그러나 그 노력은 필요 없게 됐다. 성찬이 먼저 자신이 누군지 순순히 밝혔기 때문이다.

"나, 김성진이 형이다."

성찬의 말을 듣는 순간, 학성은 긴장을 풀고 웃음을 터뜨렸다.

"뭐? 누구 형? 아놔, 씨발. 하하! 괜히 쫄았네. 그 찌질한 새끼가 형을 불렀어? 아주 아빠 엄마도 부르지 왜? 질질 짜면서 고자질이라도 했나 보지?"

"네가 내 동생한테 약 팔았다며?"

침착한 성찬의 물음에, 학성은 카악 하고 가래를 끌어올려 바닥에 뱉었다.

"무슨 헛소리야? 난 모르겠는데?"

"모른단 말이지."

성찬이 주먹을 지그시 움켜쥐었다. 그의 주먹에서 뚜둑 소리가 났다. 그는 있는 힘을 다해 분노를 억누르고 있었다.

"정말 모른다… 이거지?"

성찬은 화장실에 들어온 직후 들었던 대화의 내용을 떠올렸다.

그 말을 듣는 순간, 앞뒤 안 가리고 시간을 정지시킨 다음, 놈의 아가리를 찢어놓을 뻔했다. 생각하기조차 싫은 더러운 말이었다.

순진한 성진을 나락으로 빠뜨린 걸로도 모자라, 그 일을 통해 성주까지 노리고 있었다니.

자신이 모르고 지나갔더라면, 아니, 알았더라도 마법의 힘이 없었다면 두 동생의 인생은 그대로 파멸할 뻔했다. 지금이 순간, 성찬은 자신이 마법을 익히게 되었음에 무한히 감사하고 있었다.

또한 보통 사람에게 마법을 쓰는 데 대한 죄책감을 잠시 버리고 자신의 힘을 마음껏 사용하기로 결심했다.

이들 또한 자신들이 가진, 타락과 폭력이라는 힘으로 동생들을 해치려 했으니까.

그래. 어차피 각자 가진 걸로 싸우는 거다.

돈이 많은 놈은 돈으로, 뒷배경이 좋은 놈은 법으로, 법보다 주먹이 가까운 놈은 주먹으로.

성찬이 학성에게 한 발 다가섰다.

"네 주머니를 뒤져서, 동생이 가지고 있던 거랑 같은 약이 있는지 없는지 보면 알겠지."

"……짭새라도 달고 왔냐?"

"아니. 경찰이 사건을 맡게 되면 성진이한테도 안 좋고. 어차피 너희는 소년원 가봐야 금방 나올 거잖아. 미성년자라는 이유로 말이야."

"흐흐. 잘 아네."

"알 거 다 알고 철들 만큼 든 놈들인데, 단순히 육체적 나이가 한두 해 모자라다는 것만으로 벌도 안 받는 거잖아. 그러니 굳이 경찰을 대동할 필요가 없지 않겠어?"

성찬이 경찰한테 이 장소를 알리지 않았다고 말하는 타이밍에 학성은 이미 불곰에게 은밀하게 신호를 보내고 있었다. 그러면서 일부러 성찬의 말을 받아줘서 그의 주의를 끌었다.

성찬이 말하는 도중, 갑자기 불곰이 양손을 앞으로 쭉 내민 채, 큰 덩치와는 달리 번개처럼 뛰쳐나왔다. 그대로 성찬의 멱살을 잡아 패대기칠 셈이었다.

바닥에 떨어지는 순간, 이 여리여리한 멍청이는 즉시 입을 다물게 될 것이다. 말하기는커녕 숨을 쉬기도 어려워질 테니까.

키 180센티미터 이상에 구십 킬로그램이 넘는 거구가 전속

력으로 달려드는 기세는 무시무시했다. 진짜 불곰이 달려드는 것과 별 차이가 없을 듯했다.

학성은 불곰의 공격이 성공할 것임을 확신했다. 그는 속으로 성찬을 비웃었다.

'병신. 형이라고 폼 좀 잡고 싶었나 본데, 혼자 여기 왔을 때부터 넌 좆된 거야.'

그러나 결과는 학성과 불곰의 예상과는 달랐다. 달라도 많이 달랐다.

콰득!

"어?"

불곰이 자신의 양손을 바라보며 멍청한 소리를 냈다. 그의 열 손가락 중 여섯 개가 모두 이상한 방향으로 제각기 비틀어져 있었다.

그중 두 개는 뼈가 살을 찢고 밖으로 튀어나왔다. 세로로 창살이 쳐진 창틀을 억지로 뜯어내다 만 모양처럼 보였다.

목표로 한 성찬이 갑자기 사라져 버리는 바람에, 뒤편 벽에 손을 정면으로 부딪친 것이다. 체중과 돌진하던 가속도가 그대로 실린 채.

참고로 야외화장실의 벽은 철근 콘크리트와 벽돌로 제법 튼튼하게 지어져 있었다.

"어어? 내 손이 이상하네."

불곰이 갑작스런 사태에 당황할 때였다.

빠각!

둔탁한 소리와 함께 학성의 턱이 돌아갔다.

학성은 무슨 일이 벌어졌는지도 모르고 털썩 주저앉았다.

아픔도 거의 느껴지지 않았다.

눈앞에 뭐가 번쩍 한다고 생각한 순간 다리가 풀려 버렸다.

"으…… 아야야! 형. 내 손이 이상해. 막 구부러지고 아파."

한발 늦게 울상을 지으며 뒤를 돌아본 불곰은 눈을 휘둥그레 떴다.

분명 자신의 앞쪽에 있던 성찬이 어느 틈에 뒤에 나타나서 학성을 때려눕힌 게 아닌가.

성찬은 학성이 주저앉자마자, 한 번 더 가차없이 턱을 향해 발길질을 했다.

그는 마력으로 인해 보통 사람보다 훨씬 근력이 강해지고 뼈가 단단해진 상태였다.

퍼석! 하는 섬뜩한 소리와 함께 학성의 턱이 박살 났다. 덤으로 이도 몇 개 부러졌다.

그는 앞으로 남은 평생 딱딱한 음식을 씹어 먹기가 힘들 것이다.

"형 피 난다. 피 많이 난다. 아저씨 나쁜 놈이지!"

불곰은 학성이 처참한 꼴로 쓰러진 걸 보자, 자기 손이 아픈 것도 잠시 잊고 다시금 성찬에게 덤벼들었다.

하지만 결과는 마찬가지였다.

그가 아무리 비정상적으로 힘이 세고 빨라도, 어디까지나 인간인 이상 시간을 멈춘 채 움직이는 상대를 이기기란 애초에 불가능했다.

'아스트라와 했던 훈련이 빛을 보는군.'

성찬은 초 단위로 시간을 정지시켰다가 풀기를 반복하여 불곰의 공격을 가볍게 피하며 생각했다.

그는 시간 마법 중, '시간 분할'을 이용한 훈련을 꾸준히 해왔다.

시간 분할이란, 필요 이상으로 과도하게 시간을 정지시켜서 그만큼 큰 페널티를 받는 일을 방지하기 위한 마법이었다.

시간 분할은 현재 한 번에 총 1분, 하루 허용량 60분인 시간 정지를, 최소 1초 단위로 나눠서 60회 쓸 수 있게 해준다.

이를 연속으로 사용하면 상대는 성찬이 순식간에 눈앞에서 사라졌다가 다시 나타나는 걸로 보이게 된다.

쿵!

또 헛손질을 한 불곰이 제 힘에 못 이겨 쓰러졌다.

성찬은 그를 차갑게 내려다보며 말했다.

"너희가 성진이를 속여서 약을 먹게 한 게 맞지? 같이 경찰서에 가서 자백을 해줘야겠다. 약을 팔려고 내 동생을 속였다고."

"으으……."

불곰은 대답 대신 신음을 내뱉었다. 성찬의 얼굴에 얼핏 초조한 기색이 떠올랐다.

'벌써 10시 47분이다.'

성찬은 뇌내 시계의 영향으로, 언제부터인지 굳이 시계를 확인하지 않아도 시각을 알 수 있었다.

'시간'을 다루는 마법사인 그에게는 당연한 능력인지도 모른다.

앞으로 두 시간도 채 남지 않았다. 오늘 안에 성진의 무죄를 입증할 증거를 찾아내지 못하면 사건이 검찰로 송치될 가능성이 컸다. 그럼 어쩔 수 없이 부모님도 알게 될 수밖에 없다.

과욕이라고 할 수도 있지만 그것만은 막아야 했다. 두 분, 특히 울컥하는 성격대로 혈압이 높고 심장이 약한 어머니는 큰 충격을 받을 터였다.

성진이 무죄가 되는 방법.

그것은 각성제임을 전혀 모른 채 속아서 먹었다는 사실을 입증하는 것이었다.

가끔 '데이트 마약'이라 불리는 마약을 여성의 술에 몰래 타서 먹여, 혼절한 틈을 타 나쁜 짓을 저지르는 놈들이 있다.

그런 놈들에 대한 기사를 신문에서 본 적이 있었다. 보면서 여동생이 그런 이상한 놈들을 만나게 되면 어쩌나 걱정했던 기억이 난다.

그런 경우 마약을 먹었다고 해도 여성에게는 죄가 적용되지 않는 것과 마찬가지였다.

그새 정신을 차린 학성이 옆에서 뭐라고 소리를 질러댔다.

턱이 부서진 탓에 발음이 부정확했다. 게다가 말할 때마다 입에서 피가 사방으로 튀었다.

"커헉. 헤, 헤헹! 아무리 그래 봐라. 내가 말할 거 같냐? 너 따위보다 형님들이 백배는 더 무섭거든."

"형님들?"

학성은 얼른 입을 다물었다.

하지만 성찬도 놈들의 뒤에 누군가 있으리라고 이미 어느 정도 짐작하고 있었다.

달랑 고등학생 두 놈이 각성제를 자체적으로 제조하기란 상식적으로 생각해도 불가능에 가까울 터.

'형님들이라고 한 걸 보니, 뒤에 봐주는 조직이 있나 보군.'

같은 고등학생을 시켜서 약을 팔아먹고 그 수익을 상납받는다.

실로 악독하기 짝이 없는 수법이었다.

'어쩔 수 없다.'

이러는 사이에도 소중한 시간은 계속 흘러가고 있었다.

성찬은 한 번 더 그때의 자신이 되기로 마음먹었다.

창고에서 발해홍업의 조폭들과 싸웠던 때.

놈들이 가족들을 두고 협박하는 바람에 이성이 날아갔던 때의 자신 말이다.

그때 그는 거의 무아지경의 상태에서, 조폭 사내의 안면이 함몰될 지경까지 무릎차기를 먹였었다.

아스트라가 치료 마법을 걸어주지 않았다면 그 사내는 분명 죽었을 것이다.

하지만 적어도 그 순간만큼은 딱히 끔찍하다거나 잔인하다는 생각도 없었다.

다만, 지금은 그때와 달리 절대 상대의 생명에 지장이 가게 해서는 안 되었다. 경찰서에 함께 가서 자백을 해줘야 할 놈들인 까닭이다.

그저 저 양아치들이 딱 공포를 느낄 정도의 위협.

그 정도면 충분했다.

성찬이 나직하게 말했다.

"시간 정지."

즉시 온전히 그의 것인, 1분 30초의 시간이 주어졌다.

학성과 불곰에게 있어서는 평생 잊지 못할 악몽이 시작됨을 알리는 신호탄이었다.

제6장
한 가지 악연을 끝내다

그날 자정이 되기 직전, 성찬은 기어이 성진을 데리고 경찰서를 나오는 데 성공했다.

편의점 강도에 각성제 소지로 현장에서 체포됐는데 당일 풀려나는 건 유례가 없는 일일 것이다. 고위층 자제가 아닌 한은.

편의점 강도 건은 편의점 점원의 증언과 CCTV 화면을 근거로, 각성제 소지 건은 성찬이 끌고 온 학성과 불곰이라는 고등학생 일진들의 자백으로 무죄 처리가 됐다.

그들에게 속아 인지하지 못한 상태에서 각성제를 복용하

게 됐음이 인정받은 것이다.

경찰들은 성찬에게 정중히 사과하고 성진을 풀어주었다. 아무리 증거가 있다고 해도, 원래대로라면 이렇게 쉽게 풀릴 일은 아니었다.

하지만 뭔지 알 수 없는 꺼림칙함과 두려움이 경찰들을 성찬에게 유리한 쪽으로 움직이게 만들었다. 그들은 성진이 풀려나는 순간 상쾌함마저 느꼈다.

성찬은 더 강하게 항의하고 싶은 마음이 굴뚝같았으나, 그 또한 편법을 동원했기에 이 정도에서 일을 마무리 짓기로 했다.

또 한 가지 행운은 성진이가 각성제를 복용한 기간이 짧았고, 카페인이 많이 함유된 드링크 류에 타서 먹었다는 것이다. 이뇨 작용을 촉진하는 카페인의 특성 때문에 약 성분이 소변을 통해 많이 배출되었고 금단 증상에서 벗어나기도 쉬웠다. 만약 정맥 주사를 맞기라도 했다면 더 큰 일이 벌어졌을 터였다.

밤 12시가 다 되도록 두 사람이 귀가하지 않자, 집에서 부재중 전화 수십 통이 걸려와 있는 등 난리가 났다. 두 분이 문자에 익숙하지 않기에 망정이지, 그게 아니었다면 분명 욕 문자라도 날아와 있을 분위기였다.

그래도 어떻게든 결국 반나절 만에 일을 무사히 처리해 냈다. 그게 중요했다.

'긴 하루였어.'

동생을 데리고 운전석에 앉은 성찬은 가볍게 안도의 한숨을 내쉬었다. 그 한숨을 어떻게 해석했는지, 성진이 우울한 목소리로 말했다.

"미안해, 형. 내가 병신 짓은 다 했지?"

성찬은 일부러 장난스럽게 동생의 말을 받았다.

"알면 됐어, 인마. 너도 속은 건데 뭐. 그런데 뭐 그런 거에다 속냐? 바보도 아니고."

"나 바보 맞아. 그래서 형이나 누나만큼은 아니더라도, 조금이나마 성적을 올려서 부모님 기쁘게 해드리고 싶었어. 어차피 공짜로 주는 건데 효과 없으면 안 사먹으면 그만이라고 생각했어. 설마 그게… 그런 마약 같은 걸 줄은 생각도 못했어. 흐윽!"

성진이 어깨를 들썩였다.

오늘 하루는 그에게 악몽과도 같은 시간이었으리라.

해결됐다는 실감이 나자, 뒤늦은 눈물이 봇물처럼 터져 나왔다.

집과 학교밖에 모르던 고등학생에게는 무섭고 가혹한 체험이었다.

성찬은 우는 성진의 어깨를 가볍게 토닥였다.

아니다, 동생아.

네가 바보가 아니라 이 세상이 미친 거야.

선배가 후배에게 각성제를 팔고, 그 일을 빌미삼아 후배의 누나를 성폭행하려고 노리는 이 세상이 미친 거라고. 애들에게 각성제를 줘서 앵벌이를 시키는 어른들이 있는 이 세상이 미쳐 돌아가는 거라고.

그는 이렇게 말해주고 싶었지만 차마 입 밖으론 꺼내지 못했다.

그저, 이 경험이 성진에게 상처가 아닌 교훈이 되기를 바랐다.

그리고 막내 동생에게 좀 더 신경 써주지 못한 게 형으로서 미안할 뿐이었다.

성진의 울음소리가 서서히 잦아들었다.

성찬이 조용한 목소리로 말했다.

"좋은 게 좋은 거다. 아무 일도 없이 끝났으니 됐다. 심지어 부모님도 아시기 전에 정리됐잖아. 이보다 더 깔끔하게 어떻게 정리하겠니?"

그 말에 성진의 표정도 다소 밝아졌다.

"응. 형 말이 맞아. 아무튼 고마워, 형."

"고맙긴. 가족인데 당연한 거지."

형이 이렇게 커 보이고 어른스러운 사람이었나?

성진은 진심으로 형에게 고마웠다.

뺨을 맞고 강도 누명을 쓰고 경찰에 잡혀가는 등 크게 고생하긴 했다.

하지만 결과적으로, 집에 가서 부모님께 늦게 돌아온 것에 대해 잔소리만 조금 들으면 되게 되었다. 이보다 잘 해결될 수는 없었다.

처음 형을 부를 때까지만 해도 막연히 부모님께 알리고 싶지 않다는 생각 때문이었지, 이렇게까지 잘 풀리리라곤 상상도 못했다.

'마치 나락에 떨어진 기분이었으니까.'

동시에, 미안하기도 했다.

형이 힘든 일을 겪고 괴로워할 때, 자신은 형을 이해하고 감싸려고 하긴커녕 짜증내고 멀리했었다.

그때도 형은 혼자 모든 걸 감수하려고 끝까지 침묵을 지켰다. 그리고 기어이 이겨내서 다른 사람이 됐다.

힘겨운 시간을 보내면서 방에 틀어박혀 있는 동안, 뭔가 깨달음이라도 얻은 걸까?

성진은 마음속으로 생각했다.

'형. 이번 일은 내가 평생 안 잊을게. 그리고 그럴 일이 있을지 모르겠지만 내가 형을 도울 기회가 온다면, 내가 할 수 있는 일이라면 뭐든 할 거야.'

성찬이 현우에게 빌린 차의 시동을 걸며 장난스럽게 말했다.

"허얼~ 망했네. 집에서 전화 서른여섯 통 왔었다, 야. 얼른 들어가자."

"응."

성진이 문득 신기해하며 물었다.

"그런데 형. 그 학성이 형이랑 불곰 형 되게 무서운 사람들이거든. 뒤에 조폭들이랑 연결돼 있다는 소문이 있어서 선생님들도 잘 안 건드려. 그런데 어떻게 잡아온 거야? 형 앞에서 완전히 설설 기던데?"

성찬은 뜨끔함을 태연함으로 포장했다.

"후후. 네가 몰라서 그렇지, 이 형이 힘도 세고 싸움을 잘해. 괜히 건설회사에서 일하는 게 아니라고."

"아, 하하."

차가 출발했다. 한동안 침묵을 지키던 성진이 뭔가 웅얼거렸다.

"형. 형이……."

"응? 내가 뭐?"

"다행이라고."

"뜬금없이 뭐가 다행이야?"

"형이 내 형이라서 다행이라고."

작은 소리로 내뱉은 성진이 부끄러운 듯 입을 꾹 다물었다.

성찬은 기묘한 느낌을 맛봤다. 가슴 한편이 간질간질하면서 코끝이 찡했다.

손발이 오그라드는 것 같은 한편, 날아오를 것 같기도 한 기분이었다.

"짜식. 그걸 이제 알았냐?"

그는 성진에게 대꾸하면서 마음속으로 자조했다.

이걸로 그 '비인간적인 고문'에 대해, 스스로를 용서할 명분이 섰다고.

이런 기분을 느낄 수 있다면, 과거로 돌아가더라도 또 똑같은 선택을 할 거라고 확신했다.

그러나 핸들을 잡은 그의 손은, 경찰서를 나오기 전부터 가느다란 떨림이 멈추지 않고 있었다. 그는 동생이 볼까 두려워, 손에 더욱 힘을 주었다.

'제길. 빌어먹을 손 같으니. 그만 떨어. 난 잘못한 게 아냐!'

집에 돌아온 형제는 부모님께 한바탕 꾸중을 들었다. 연락이 끊긴 상태에서 귀가 시간이 자정이 넘었으니 당연한 일이었다.

성찬이 엄마에게 짐짓 뭔가 있다는 듯 눈짓을 해 보이며,

성진이가 공부하느라 드링크제에 너무 의존하는 등 스트레스를 받는 것 같아서 맛있는 것 좀 사 먹이고 얘기를 들어줬다고 설명했다.

전화는 공교롭게 둘 다 배터리가 다 되었다고, 오랜만에 형제끼리 얘기하다 보니 시간 가는 줄을 몰랐다고 얼버무렸다.

그 말에 부모님은 겨우 화를 가라앉혔다. 허점투성이인 변명이라 이상한 낌새를 채셨겠지만, 이럴 때 모르는 척 넘어가주시기도 하는 게 부모님의 장점이었다.

성주도 옆에서 거들어주어서, 성찬과 성진은 겨우 각자의 방으로 돌아갈 수 있었다.

*   *   *

성찬, 성진 형제가 떠나고 몇 시간 후였다.

끄아아아아아아악!

조용하던 새벽의 경찰서에 괴성이 쩌렁쩌렁 울려 퍼졌다.

아프거나 화가 나서 지르는 고함이 아니다. 뭔가 그보다 더 처절하고 깊은, 바닥을 알 수 없는 광기와 두려움이 내비치는 목소리였다.

유치장 당직을 서다가 졸던 경찰이 화들짝 놀라 머리를 들었다. 고개를 설레설레 내저은 그가 짜증 섞인 투로 내뱉었다.

"아아, 저 또라이. 또 지랄이네."

처음에는 정말 죽을 정도로 놀랐다. 그러나 같은 일이 몇 차례 반복되자 놀라움은 점차 짜증으로, 짜증은 지긋지긋함으로 변했다.

당직 경찰은 유치장 앞에 다가가서 철창을 발끝으로 걷어찼다.

"야! 이 새끼 너, 조용히 안 해? 그런다고 내보내 줄 것 같아? 아까부터 30분 단위로 뭔 지랄이야? 나도 잠 좀 자자, 제발!"

유치장에 있던 다른 사람들이 기다렸다는 듯 일제히 불평을 늘어놓았다. 대개 좀도둑질이나 고성방가 등으로 붙잡혀 온 자들이었다.

"아놔, 씨발. 경찰 아저씨. 우리 저 미친 새끼랑 제발 좀 다른 방에 넣어줘요. 밤새도록 시끄러워서 잠을 못 자겠네 아주."

"내 말이. 대체 왜 저러는 거야? 약이라도 빨았나?"

"그런데 저 정도 소리면 다른 방에 들어가도 들릴 거 같은데? 아예 입을 막아야 돼."

괴성의 주인은 바로 학성이었다. 벌벌 떨던 학성이 고개를 들었다. 눈물 콧물이 줄줄 흘러내려 얼굴이 엉망진창이었다.

그는 철창 문 앞으로 기어와 쇠창살을 부여잡고 필사적으로 외쳤다.

"아저씨. 아니, 형님. 저, 저 좀 꺼내주세요! 안 그러면 그놈이 날 죽이러 올 거예요."

그 기세에 움찔했던 경찰이 한숨을 내쉬었다. 이미 여러 번 들은 헛소리다. 오늘 새벽에만 같은 말을 세 번은 들었다.

"하아……. 그러니까 누가 너를 죽이러 오냐고. 무슨 킬러라도 오냐? 조직에 원한이라도 샀어?"

별명에 걸맞게, 구석에서 곰처럼 웅크리고 있던 불곰이 중얼거렸다.

"요술쟁이, 아니, 마술사가 와요."

그는 유치장에 갇힌 이래, 벙어리라도 된 듯 입을 꾹 다물고 있었다. 소리 내어 말을 한 건 이번이 처음이었다.

엉뚱한 소리에 경찰이 그쪽으로 시선을 주었다. 이건 또 뭐냐는 듯한 표정이었다.

"뭐? 요술쟁이? 마술사?"

"네. 마술사는 뿅 하고 사라졌다가 나타나요. 학성이 형의 배에 구멍을 내서 뭘 막 꺼냈다가 다시 집어넣고 치료해 줬어. 내 이랑 손톱도 하나씩 뽑고 다시 나게 했어. 마술사는 무서워요."

그의 말에 귀를 기울이던 사람들이 일제히 야유와 욕설을 퍼부었다.

"이게 다 무슨 개소리야?"

"내가 말했잖아. 둘이 나란히 약 빨고 들어온 게 분명하다니까."

경찰은 혹시나 하고 불곰을 찬찬히 뜯어보았다.

말할 때 언뜻 보이는 치아는 물론 손톱도 멀쩡했다. 역시 헛소리로밖에 생각되지 않았다.

'거 참. 무시하자니 도저히 연기 같진 않은데.'

그러는 동안에도 불곰은 커다란 몸뚱이를 웅크리고 벌벌 떨고 있다.

"무서워요. 마술사 무서워."

"……내가 말을 말자."

어차피 해줄 수 있는 일도 없었다. 경찰은 체념하고 다시 자기 자리로 돌아갔다. 그 바람에 불곰이 마지막에 뇌까린 말을 미처 듣지 못했다.

"성진이네 형은 마술사. 우리가 나쁜 짓 한 거 털어놓으라고 아프게 했어요. 학성이 형이 무서운 형님들 얘기까지 다 했는데도……. 아프게 했어요. 그리고 우리가 우는 걸 보면서… 웃었어요."

*   *   *

혼란스러웠던 하루가 가고 새벽이 깊었다. 성찬의 방에 불이 켜졌다. 자려고 누웠던 성찬은 조용히 침대에서 일어나 앉았다.

어차피 해야 할 일이 있기도 하고, 학성을 고문했던 일이 자꾸 떠올라 좀처럼 잠을 잘 수가 없었다.

그는 자신이 그런 일을 했다는 게 아직도 믿기지 않았다. 자신의 내부에 그토록 잔혹한 면이 있다는 것이.

'인간은 누구나 내면에 어둠을 가지고 있다고 했던가? 후후.'

성찬은 자조적으로 웃었다.

몇 시간 전, 학교 야외화장실에서의 일이었다. 학성은 입에서 피를 줄줄 흘리면서도 성찬을 향해 독설을 퍼부어댔었다.

"흐흐. 용케 눈치를 깠다만, 네 동생 인생은 끝장이야, 개새끼야. 약쟁이로 소년원 갔다 오게 될 테니까. 한 번이 두 번 되고 두 번이 세 번 되고. 그러다 보면 인간쓰레기가 되는 거지."

"······닥쳐."

"성주 년도 형님들한테 곧 너덜너덜하게 걸레가 될 거고. 그러고 나면 나도 아주 잘 먹어줄게."

학성은 그 뒤에도 뭔가 더 떠들어댔지만 성찬은 잘 기억이

나지 않았다. 그 순간 이미 머릿속에서 뭔가가 툭 끊어졌기 때문이다.

"닥치라고 했다."

이 말을 끝으로.

놈들이 쉽게 협조하진 않을 게 분명하다고 예상했었다.

저, 내 동생이 지금 곤란한 상황에 처해서 그러는데, 나랑 같이 경찰서에 가서 너희가 각성제를 속여서 먹인 거라고 자수해 주지 않을래? 이런 말에 순순히 따를 상대였다면 애초에 악행을 저지르지도 않았을 것이다.

자백을 받기 위해 어느 정도 독하게 손을 쓸 생각은 처음부터 했었다.

그런데 학성의 반응이 성찬으로 하여금 그 이상을 하게 만들었다. 그가 제일 싫어하는 게 가족을 두고 하는 협박이었다.

물론 대부분의 사람이 가족을 대상으로 욕을 하거나 협박하면 분노하긴 할 것이다.

하지만 발해홍업 때에 처음 깨달은 사실인데, 성찬은 그런 일을 당하면 소위 꼭지가 돌아버렸다. 평소와 완전히 다른 사람이 되어버릴 정도로.

이번에도 그랬다.

성찬은 놈과 더 이상 대화할 필요성을 느끼지 못했다.

그는 시간을 정지시킨 후, 냉기 마법을 운용하여 학성의 배를 얼렸다.

그리고 얼어버린 뱃가죽을 가차없이 손으로 꿰뚫었다. 얇게 얼음이 낀 뱃가죽은 어이없을 정도로 쉽게 찢어졌다. 그 안에서 허옇게 서리가 낀 내장이 흘러나왔다.

굳이 시간을 정지시킨 건 반항할 것이 귀찮았기 때문이다.

죽어도 상관없다는 생각이 들었지만, 사람을 죽게 하고 싶지는 않았다.

양심의 가책이 원인이라기보다는 앞으로 행동에 제약을 받을 것이 싫어서였다.

냉동 코너에 있는 수입산 고기처럼 보이는 놈의 내장을 가볍게 움켜쥐었다.

그 상태에서 시간 정지를 풀었다.

잠시 어리둥절해하던 학성이 자신의 배를 내려다보며 멍청하게 중얼거렸다.

"어, 씨발. 이게 뭐야?"

성찬은 차분하게 대꾸했다.

"뭐긴. 네 위랑 대장, 소장. 기타 등등이지. 나도 생물 시간에 배운 기억이 오래 돼서 뭐가 뭔지 정확히는 모르겠다. 대충 다 포함되어 있을 거야."

학성은 한 박자 늦게 비명을 질러댔다.

"어… 으… 으아악!"

성찬은 손을 통해 치유의 성질을 띤 마력을 내보내며 학성의 체내에 계속 순환시키고 있었다. 그 결과 배의 상처가 얼어붙어 있어서 출혈이 없고, 쇼크는 치유의 마력이 방지했다.

학성은 생과 사의 경계에서 절묘하게 균형을 이루며 살아있었다.

그러나 상처를 치료하고 장기를 원래 상태로 되돌리지 않으면 오래가지 못할 것이다. 이 상태를 유지하는 것은 길어야 20분이 한계였다.

"자, 임학성. 네가 저지른 짓을 다 말해라. 하나도 빠짐없이 솔직하게 털어놓는 게 좋을 거야. 뱃속이 깨끗하게 털리기 싫다면 말이다."

"으, 으으……. 너, 너 대체 뭐야?"

"아까 말했잖아. 성진이 형이라고. 대신 사실대로 말하면 살게 해주마."

성찬은 압력을 못 이기고 튀어나온 학성의 대장을 움켜잡은 손에 힘을 주었다. 뿌드득 하고 내장이 터질 듯이 부풀었다.

"그, 그러지 마! 살려줘, 제발."

"그러니까, 아까부터 말하고 있잖아. 경찰서로 가서 사실을 고백하면 살려주겠다고."

성찬의 목소리가 너무도 차분해서, 학성뿐만 아니라 지켜보던 불곰은 더욱 공포에 질렸다.

이 순간, 학성은 상대가 보통 사람이 아님을 뼈저리게 깨달았다.

남의 내장을 자유로이 꺼냈다 집어넣었다 하는 인간이 어떻게 평범한 사람이겠는가.

그러나 그 외에, 성격적인 면에서도 성진의 형이란 작자는 정상이 아님이 분명했다.

학성이 아는 어떤 형님들도 이처럼 잔혹한 짓을 태연하게 하진 못했다.

"저, 정말 살려줄 거야?"

"그래."

결국 학성은 턱을 덜덜 떨면서 대략 20분 만에 자신의 모든 죄를 털어놓았다.

심지어 초등학교 때 같은 반 친구의 지갑을 훔쳤던 것과, 옆집 여학생이 목욕하는 모습을 훔쳐보면서 자위를 하고 그녀의 속옷을 훔쳤던 일까지 남김없이 다. 잘못한 일이 기억나는 건 모조리 불었다.

앞서 언급했듯, 성찬이 적절히 치료 마법을 병행했기에 학성은 죽지도 기절하지도 못했다. 냉기 마법 탓에 출혈도 일어나지 않았다.

그저 한없이 차갑고도 뜨거운 느낌.

뱃속이 얼어붙는 듯 차가우면서도, 한편으로는 깊은 곳에서부터 우러나는 고통과 뜨거움이 학성을 한계까지 몰아넣었다.

정신이 말짱한 상태에서 내장이 꺼내져 타인의 손에 주물리는 광경은 아무리 독한 인간이라도 버티기 어려웠다.

그는 어릴 때 만취한 아버지에게서 죽기 직전까지 맞아본 적도 있고, 불량한 선배들에 의해 담뱃불로 귀 뒤쪽이나 사타구니가 지져진 적도 있었다.

하지만 그때의 고통은 성찬이 한 짓에 비하면 새 발의 피에 불과했다. 정신적으로나 육체적으로나.

적어도 그들은 자신을 죽이지는 않으리라는 확신이 있었다. 학성은 이 감각을 평생 잊지 못할 터였다.

그런 과정 끝에, 학성의 입에서 뜻밖의 단어가 튀어나왔다. 그에게 약을 주어서 팔아오게 하고 상납금을 강요한 자들의 정체였다.

바로, 발해흥업이다.

그가 있는 사실 없는 사실 다 떠들다가 튀어나온 이름이었다.

"으으, 저한테 약을 갖다 준 형님들이 워, 원래는 발해흥업이라는 건축회사였는데……. 그러다가 회사가 망해서 아예 그쪽으로 나간다고……. 종로파 밑에 들어갔다고 합니다. 약을 팔아서 번 돈은 다… 그 발해흥업 형님들한테 바쳤습니다. 아니, 다는 아니고……. 죄송합니다. 속일 생각은 아니었는데……."

횡설수설하던 학성은 어느새 말투마저 변해 있었다. 입에서는 침이 흐르고 눈도 반쯤 풀렸다.

"발해흥업?"

성찬이 눈에 이채를 발했다.

발해흥업은 성찬과 얽혔던 불미스러운 사건―제일건설의 자재 창고에 방화를 기도하고 그를 폭행했던 일 때문에 주요 간부 몇 명이 경찰에 체포되었다.

또한 당분간 건축업 쪽에서 불법으로 돈을 벌기도 어려워졌다.

사건에 대해서 들은 건설사들이 일제히 발해흥업과의 거래를 끊은 것이다.

폭력조직이 발해흥업의 배후에 있다는 건 알려진 사실이었으나, 대부분의 중소 건설사가 그렇듯 이 계통의 '상식적인 수준'이라 여겼지 그 정도로 막갈 줄은 몰랐다. 그들의 폭력이 언제 자신들에게 향할지 모른다는 불안감이 생겼다.

정체야 어쨌든, 발해흥업은 겉으로는 건설 회사를 표방하고 있었다.

거래가 끊기자 당장 회사 운영이 어려워지고 위에 상납해야 할 돈도 부족해졌다. 이제까지와는 달리 공갈과 협박도 별 소용이 없었다.

그러자 고민 끝에 종로파 밑에 들어가, 아예 본격적으로 조직폭력단 활동을 하기로 한 것이다.

그러자 종로파는 그들을 받아들이고 충성을 증명하는 대가로 가장 보편적인 것을 원했다.

바로 돈이다.

발해흥업 출신들은 아직 휘하에 관리하는 유흥업소가 딱히 없고 자금이 부족했기에, 일단 돈을 만드는 게 시급했다.

이에 떠올린 생각이 학성과 같은, 소위 각 학교의 일진들을 여러 명 발굴해서 중국에서 밀수한 약을 주고 팔도록 시키는 거였다.

나중에 조직에 넣어주겠다는, 그들에게는 너무도 달콤한 유혹과 함께.

언 발에 오줌 누는 격이었지만 당장 급한 불은 끌 수 있었다.

여기까지가 학성이 두서없이 내뱉은 말들을 성찬이 정리한 결과였다.

'정말 악연이구나.'

성찬은 쓴웃음을 지었다.

이럴 때 보면 운명이라는 게 분명히 존재하는 것 같다는 생각이 들었다.

놈들 딴에는 활동 영역까지 바꿔가면서 새로운 사업을 시작했는데, 또 성찬과 얽히다니.

이것도 인연이라 치면 지독한 악연이었다.

아니, 차라리 잘되었다.

그들에게는 어차피 갚아야 할 빚이 있었다.

성찬이 이대로 모른 척 넘어가면, 발해흥업은 어떤 연유로 약 판매가 중단되고 판매책이 체포됐는지 알아낼 테고, 그 과정에서 성진이 필연적으로 얽힐 것이다.

성진이 성찬의 동생이라는 사실까지 밝혀지면 놈들은 복수를 하려 들 것이다.

가뜩이나 회사가 그 꼴이 됐으니 절대로 곱게 지나갈 리가 없었다.

그렇게 되기 전에 처리하는 편이 낫겠다는 판단이 섰다.

잠깐의 방심으로 무심히 지나쳤다가, 성진이에게 큰 고초를 겪게 했던 것과 같은 일은 다신 일어나지 않게 하리라.

침대에 앉은 채 생각을 정리하던 성찬이 눈을 번쩍 떴다.

발해흥업 출신의 깡패들이 사용하는 사무실과 숙소의 위치는 학성에게서 미리 들어뒀다. 이 시간이면 아마도 숙소에서 곯아떨어져 있을 터였다.

'가자.'

자리에서 일어서던 성찬의 얼굴이 맞은 편 벽에 걸린 거울에 비쳤다.

창밖에서 들어오는 가로등 불빛에, 거울에 맺힌 상이 희미하게 드러났다.

성찬은 무심코 거울을 바라보았다. 순간, 그는 전기라도 통한 듯 움찔거렸다.

'내가……'

성찬은 올라간 자신의 입꼬리를 양손으로 어루만졌다.

'웃고 있어.'

순간, 그는 숨기고 있던 스스로의 본심을 자각했다.

통쾌하다.

이 힘을 이용해서 나쁜 놈들을 혼내주고 짓밟아주는 게 말할 수 없이 즐겁다.

자칫 가족들을 해칠 수도 있었던 놈들을 응징하는 게 너무도 후련하다.

성찬의 얼굴이 일그러졌다.

입은 여전히 웃고 있는데, 눈과 뺨이 일그러져 기괴하기 짝이 없는 표정이 됐다. 문득, 귓가에서 누군가가 속삭이는 듯했다.

—역시 나의 더블다워. 어때, 재미있지? 강하다는 건 그런 거야. 힘을 가진 자가 선이고 정의야.

성찬은 고개를 내저으며 외쳤다.

"아니야!"

그는 애써 거울을 외면하고 방을 뛰쳐나갔다. 이럴 때 퉁명스러운 말투로 다독여 줬을 것 같은 아스트라가 문득 미칠 듯 그리워졌다.

아스트라라면 이렇게 말했을 것이다.

멍청아. 넌 아직 멀었어. 고작 그 정도 힘으로 착각하지 말라고.

성찬은 검은 점퍼의 옷깃을 세우고 아파트 입구를 나서며 혼잣말을 했다.

"아스트라. 대체 어디 있는 거야? 이제 슬슬 돌아올 때도 됐잖아."

아스트라의 빈자리는 생각보다 컸다. 그리고 점점 더 커지고 있었다.

*   *   *

종로의 한 오래된 빌딩.

레스토랑과 노래방, 유흥주점 등이 입점해 있는 건물이다.

지하에는 나이트클럽이 있고 그 바로 위에는 호텔이 있다.

외벽이 군데군데 벗겨진 오래된 건물이었으나, 위치가 비교적 좋아서 비어 있는 층은 없었다.

이 건물의 맨 위층에 구 발해흥업, 이제는 종로파의 분파가 된 조직원들의 숙소가 있었다.

건물 한 층의 절반을 차지하는 넓은 공간에는 문이 없었다. 각각의 방은 물론, 심지어 화장실도 문짝을 떼어 없앴다.

신입 조직원들이 간혹 달아나거나 자살을 기도하는 등 엉뚱한 짓을 못하게 하기 위해서였다.

빛바랜 욕조 안에서는 바퀴벌레들이 제 세상인 양 사각사각 기어 다녔다.

마침 오늘은 약장사로 새로 포섭한 일진 두 명의 환영회를 하느라 조직원 대부분이 모여 있었다.

원래대로라면 애송이들 때문에 굳이 이런 자리를 만들 리가 없다.

약은 비싸고 위험했다. 그만큼 공급하는 쪽도 리스크가 컸다.

수요는 늘 있었지만 자칫 불상사라도 생기면 감당하기가 어려웠다.

그렇기에 일부러 이런 의식을 거쳐, 일진들의 소속감을 다지는 한편 겁을 주는 것이다.

약을 빼돌리거나 경찰에 밀고하는 등, 허튼 짓거리를 하면 죽는다고.

체포되지 않고 남은 조직원 중 가장 고참인 박병근을 중심으로, 웃통을 벗어재낀 조직원들이 그의 양 옆에 자못 근엄하게 포진해 있다.

그 가운데에, 학교에서 떵떵거리던 것과는 달리 순한 양이 되어 어쩔 줄 모르는 애송이 둘이 무릎을 꿇고 앉아 있었다.

바로 오늘의 주인공인 두 일진이었다.

학성이나 불곰처럼 약팔이로 부려질 녀석들. 오늘 이 자리가 아니었다면, 언젠가 중국집 등에서 배달을 하다가 오토바이 사고로 죽거나, 뭔가 다른 사고를 쳐서 소년원을 들락거렸을 놈들.

이런 놈들을 쓸모있는 일에 써주는 것이라고, 박병근은 진심으로 그렇게 생각했다.

박병근이 그들을 한동안 물끄러미 응시했다. 그는 조폭치고 생김새가 단정하여, 언뜻 보면 평범한 회사원처럼 보였다. 단지 입가의 흉터만 아니라면.

사실 보는 이들이 생각하는 것처럼, 칼부림을 하다가 생긴 흉터는 아니었다.

공사 현장에 나갔다가 쓰러지는 알루미늄 섀시 가장자리에 부딪쳐서 찢어진 흔적이다. 그래도 굳이 그런 걸 설명할 필요는 없었다.

또한 그는 드러난 목덜미에도 화려하고 정교한 잉어와 용 문신을 새겼다.

그는 바로 성찬이 처음 제일건설에 출근했던 날 마주쳤던 조폭 중 하나였다. 자재 공급을 강요하며 서 사장을 협박하던 인물이다.

박병근이 바라보는 동안, 두 일진은 감히 숨도 크게 쉬지 못했다.

그들에게 있어서 박병근은 어떤 이상적인 목표이자, 가장 두려우면서도 동시에 존경스러운 대상이었다.

두 사람을 관찰하듯 뜯어보던 박병근이 마침내 입을 열었 다.

"오늘은 내가 기분이 참 좋다. 새로 막내들을 맞이하게 되 어서 말이야."

기다렸다는 듯, 양 옆에 늘어앉은 조폭들이 일제히 외쳐 댔 다.

"축하드립니다, 형님!"

"축하드립니다!"

고개를 끄덕인 박병근이 말을 이었다.

"그래. 어디, 막둥이들 이름이 뭐라고?"

얼어 있던 두 일진들이 간신히 입을 열었다.

"유성훈이라고 합니다."

"저는 이태식입니다."

"성훈이와 태식이구나. 이미 학교를 꽉 잡고 있다고 들었다. 나이에 비해 대담하고 솜씨도 좋다고? 우리가 맡기는 일도 잘하겠구나."

감격과 묘한 흥분.

목표로 하고 있는 사람이 자신들을 인정하는 발언을 해준다. 두 사람은 열에 들뜬 기분이 되어 입을 모아 외쳤다.

"여, 열심히 하겠습니다!"

"그럼. 열심히 해야지. 후후. 우리가 주는 약은 처음에는 공짜로 나눠주지만 그다음에는 너희가 알아서 돈을 받아라. 그 돈의 70퍼센트를 나한테 주고 나머지는 너희 마음대로 써라. 비율이 불공평하다고 느낄 수도 있는데, 약을 수입해 오고 하는 과정을 우리가 다 하니까 그렇게 나누는 거다."

"예. 알고 있습니다."

박병근이 한창 신입들의 교육을 하는 사이, 성찬은 숙소 건물 앞에 와 있었다.

'이 건물 맨 위층이라고 했지.'

학성 또한 지금 와 있는 일진들과 같은 과정을 거쳤다. 그렇기에 숙소의 위치를 알고 있었다.

'자고 있으려나.'

성찬은 엘리베이터에 타려다, 문득 CCTV에 찍힐지도 모른다는 생각을 했다.

'굳이 흔적을 남길 필요는 없지.'

그는 아예 건물 입구에서부터 시간을 정지시켜 두고 계단을 오르기 시작했다.

다행히 건물은 총 6층이라, 계단으로 오르는 데 큰 어려움은 없었다.

지금의 성찬이라면 6층 아니라 60층을 걸어 올라도 크게 어렵지 않을 것이다.

몇 분 후, 그가 숙소가 있는 층에 도착했을 때였다. 복도 입구 쪽에서부터 사내들이 큰 소리로 떠드는 소리가 들려왔다.

의리 어쩌고 하는 걸 보니, 뭔가 자신들만의 서약을 하는 분위기였다.

'의리? 놀고 있네. 사회의 쓰레기 같은 것들이.'

성찬의 눈빛이 차갑게 가라앉았다.

그는 코미디와 의리 따위로 조폭들을 미화한 영화를 제일 싫어했다.

그래 봐야 놈들의 비열하고 쓰레기 같은 본성은 어디 가지 않는다.

보스라는 영화까지 찍어가며 유명세를 떨쳤던 조 모 씨가 그랬고, 유명 영화배우를 협박하여 세간의 화제가 되었던 태촌파의 두목도 그랬다.

둘 다 겉으로는 교회에 다니면서 과거를 완전히 회개한 척했다.

심지어 책을 펴내기도 했다. 보아하니 교회의 집사니 장로니 하는 자리는 개나 소나 주는 모양이었다.

'자, 잡생각은 이쯤 하고.'

시간 정지!

시간을 멈춘 성찬은 태연히 숙소 안으로 걸어 들어갔다.

안에는 건장한 조폭들이 우글거렸지만 그들의 시간은 이미 정지한 상태였다.

성찬을 공격하기는커녕 그의 존재를 알아챌 수 있는 자조차 없었다.

시간 정지를 발동함과 동시에, 성찬의 머릿속에서 뇌내 시계가 시간을 체크하기 시작했다.

남은 시간은 1분 30초.

한 바퀴 적당히 둘러보기에는 충분한 시간이었다.

방 가운데 선 성찬의 눈에 이채가 떠올랐다.

'저놈이 여기 있는 걸 보니 발해흥업 숙소가 확실하구나.'

성찬은 입가에 흉터가 있는 사내, 박병근을 한 눈에 알아보았다.

그의 이름까지는 몰랐지만 예전에 제일건설 사무실에서 마주쳤던 자라는 걸 기억해 낸 것이다.

그 앞에 바짝 굳은 채로 정좌하고 있는 두 애송이는 학성과 같은 약팔이 일진들인 듯했다.

그 증거로, 그들의 앞에 연한 갈색의 가루가 든 봉투가 여러 개 놓여 있었다.

가루를 본 성찬의 눈꼬리가 꿈틀했다. 그는 약이 든 봉투를 집어 들어 점퍼 주머니에 넣고 그대로 박병근의 턱을 걷어찼다.

콰득!

그의 입술이 터지면서 피가 튀었다. 그래도 여전히 무표정하게 앉아 있는 모양새가 기괴해 보였다. 내친 김에 한 대 더 걷어차 주었다.

'20초 전.'

성찬은 다시 숙소 밖으로 나와서, 입구 옆에 몸을 붙이고 기척을 살폈다.

이제 1분 30초 동안은 여기서 놈들에게 발각되지 않아야 했다.

뭐, 크게 어려운 일은 아니다.

이윽고 시간 정지가 풀렸다.

"음? ······크윽! 컥!"

박병근의 것으로 짐작되는 신음과 비명 소리가 새어 나왔다. 똘마니들의 혼비백산한 목소리도 울려 퍼졌다.

"혁! 혀, 형님!"

"어떤 새끼가 형님을!"

"약도 없어졌다!"

숙소 안은 순식간에 혼란의 도가니에 빠져들었다. 갑자기 멀쩡하던 박병근이 피를 흘리고 있고 약은 죄다 사라졌으니, 가뜩이나 머리 나쁜 놈들로서는 이성적인 판단을 하기조차 어려울 것이다.

아니나 다를까.

"이 새끼들. 너희 짓이지?"

눈이 뒤집힌 조폭 중 하나가, 얼이 빠져 있는 두 일진에게 사납게 으르렁댔다. 애꿎게 불똥이 튀긴 일진들이 놀라서 펄쩍 뛰었다.

"아, 아니에요! 저희 절대 아닙니다! 저희가 어찌 감히······."

"약이랑 형님 앞에 앉아 있던 게 너희였잖아. 제법 손이 빠른데? 이 새끼들. 어디의 누구의 사주를 받은 거냐?"

"정말 아님······ 크헉!"

콱! 퍽퍽!

이어서 두 일진이 밟히는 듯한 소리가 들렸다. 증명이고 증거고 없이, 그야말로 무지막지한 처리 방식이었다.

성찬은 시간을 재며 생각했다.

'세상 쓴맛 좀 봐라, 어리석은 녀석들. 조폭들이 멋있어 보이냐? 그놈들은 그저 약자에게 강하고 강자에게는 약한 범죄자 집단일 뿐이야. 평생 주위 사람들에게 해를 끼치는, 사회의 암적인 존재라고. 지금 겪는 고통은 나중에 인생을 제대로 살게 해줄 수업료라고 생각해라.'

인정사정없는 구타가 얼마나 계속되었을까.

쥐며느리처럼 동그랗게 몸을 말고 있던 두 일진은 기절한 지 오래였다. 그들은 반항할 엄두도 못 내고 고스란히 맞기만 했다.

조폭들의 발길질이 닿을 때마다, 축 늘어진 몸뚱이가 힘없이 꿈틀거렸다.

잠시 후, 겨우 정신을 수습한 박병근이 큰 소리로 외쳤다.

"그만! 아무래도 뭔가 이상⋯⋯."

그래도 그는 명색이 보스라고 머리가 돌아가는 인물이었다. 물론 다른 놈들에 비해서 그렇다는 얘기였지만, 그 차이는 상당히 컸다.

나름 전무로서 회사 운영에 참여한 적도 있다. 그가 생각하기에는 일진이라는 애송이들이, 이 자리에서 이런 간 큰 짓을 할 리가 없었다.

그때, 성찬이 다시금 시간을 정지시켰다.

그는 고개를 좌우로 꺾으며 재차 숙소 안으로 걸어 들어갔다.

두 일진이 엉망진창이 되어 쓰러져 있고, 그들 주위에 성난 표정의 조폭들이 둘러서 있다.

"아주 제대로 박살을 내났군."

박병근이 막 몸을 일으키며 조폭들을 말리려는 모양새였다.

"아직 멀었어, 새끼들아. 밤이 아주 길 거다."

성찬은 박병근의 턱을 또 차서 쓰러뜨린 후, 일진 둘을 밀어내 버리고 대신 그 자리에 박병근을 눕혀 놓았다. 이어서 곧장 방을 나오자마자 시간 정지를 해제했다.

놈들이 느낄 혼란을 생각하자 자기도 모르게 웃음이 삐질삐질 새어 나왔다.

곧, 시간이 다시 흐르고─

퍽! 퍼퍽! 퍽!

"하다… 크헉!"

아무래도 뭔가 이상하다는 말을 하려던 박병근은 말 대신 묵직한 신음을 내뱉었다.

전혀 대비하지 못한 상태에서의 갑작스러운 발길질은 그

에게 큰 충격을 주었다.

막 말을 하려고 숨을 들이쉬던 차에, 폭력에 취하여 한창 독이 오른 건장한 사내들이 인정사정없이 발길질을 내지른 것이다.

덕분에 한순간에 갈비뼈가 석 대나 나가 버렸다. 얼떨결에 박병근을 밟은 조폭들이 화들짝 놀랐다.

"헉! 형님? 왜, 왜 거기에?"

사내들의 움직임이 일시에 멈췄다. 그들은 각자 옆 사람을 돌아보며 수런대기 시작했다.

"이게 대체 어떻게 된 일이지?"

"이거 아무래도… 뭔가 이상해."

그래 봐야 해답을 내놓을 수 있는 사람은 없다. 도무지 어찌 된 영문인지 알 수가 없었다.

일진들을 향하던 조폭들의 분노와 의심이 점차 사그라들었다. 대신 그 자리를, 미지의 현상에 대한 두려움이 채웠다.

그들의 상식으로 설명하기 어려운 일이 벌어지자, 조폭들의 투기가 급격히 가라앉았다.

성찬이 모습을 드러낸 건 그때였다.

발해홍업 놈들이 다시는 딴 마음을 못 먹도록 철저히 밟아 주려면, 그 일을 행한 주체가 누군지 알게 할 필요가 있었다.

'양념을 이 정도로 쳐 놨으면 충분하겠지.'

성찬이 태평스러운 투로 말했다.

"야, 이게 무슨 일이야? 하극상인가?"

친구 집에 놀러오기라도 한 것처럼 걸어 들어오는 성찬을 본 조폭들이 당황했다.

"뭐, 뭐야? 넌 누구냐?"

"이 새끼, 언제 들어왔어?"

쓰러져 있던 박병근이 성찬의 얼굴을 보고 힘겹게 중얼거렸다.

"너… 제일건설의……."

박병근이 성찬과 처음 만났을 때는 스쳐 지나갔을 뿐이지만, 그 후 자재 창고 습격 사건을 계기로 김성찬이란 인물에 대해 조사하게 됐다.

사실 박병근은 성찬과 그 가족들에 대한 복수를 계획하던 차였다.

아마 종로파에서 어느 정도 자리를 잡고 나면 즉시 실행했을 것이다.

따지고 보면 발해홍업의 사정이 어려워진 건, 모두 자재 창고 작전이 실패했기 때문이었다. 적반하장 격이긴 하지만 그들의 정의는 그랬다.

그들에게 있어서 성찬은 결코 용서할 수 없는 개새끼이자 원수였다.

즉, 성진의 일이 아니더라도 그들은 언젠가 성찬과 충돌할 수밖에 없는 처지였다.

그 성찬이 먼저 제 발로 나타난 것이다. 그것도 몹시 기괴한 상황에서.

박병근의 뇌리로 불길한 예감이 스쳐 지나갔다.

그가 조사한 바에 의하면, 성찬은 평범한 학교를 졸업하고 취업 준비를 하던 평범한 젊은이였다.

심지어 군대도 육군 보병 출신이었다. 절대 이런 짓을 벌일 수 있는 깜냥이 못 되었다.

아니면 그새 뭔가 믿는 구석이라도 생겼단 말인가?

"끄으윽. 무슨 짓을 한… 거냐?"

"글쎄? 뭘 했을까?"

박병근과 성찬의 대화를 듣던 조폭들이 은밀하게 눈짓을 주고받았다.

뭐가 뭔지는 몰라도, 성찬이 적이라는 사실은 분위기로 눈치챘다.

비록 머리는 나쁘지만 이런 상황에서의 눈치는 귀신같이 빠른 그들이었다.

덩치들은 알 수 없는 두려움을 해소하려는 듯, 일제히 괴성을 지르며 달려들었다.

"우와아아아아!"

우뚝!

그리고 다음 순간, 그들은 모조리 대자로 뻗어 있는 자신의 모습을 볼 수 있었다.

"……?"

누구 하나 말을 하지 못하고 눈만 껌뻑거렸다.

거슬리는 애송이는 팔짱까지 낀 채, 여전히 방 가운데 서 있다.

이 자리에 있는 조직원의 수는 일진 둘과 박병근을 제외하고 총 여덟 명. 한 놈에 한 대씩, 성찬에게는 1분 30초의 시간 이면 충분했다.

이제부터 굳이 1분 30초를 한꺼번에 써서 위험을 자초할 필요는 없었다.

시간 분할을 이용해, 한 놈당 2초를 할애해서 공격하고 그 절반인 1초의 공백동안 피해낸다.

'백열파를 날려서 박살 내버릴까 했는데, 그건 과한 것 같고…….'

성찬은 널브러진 조폭들을 차가운 시선으로 둘러보았다. 그와 눈이 마주친 자들은 자신도 모르게 어깨를 움찔 떨었다.

철 들고 난 이후 오직 폭력과 범법 행위로 살아온 자들이, 20대 중반의 평범한 청년 한 명에게 겁을 먹은 것이다. 그런 그들에게 성찬이 말했다.

"자, 계속해야지?"

그날 새벽, 발해흥업은 와해되었다. 그리고 두 소년이, 하마터면 나락에 빠질 뻔한 삶에서 벗어나는 계기가 되었다.

제7장
방심의 대가를 치르다

동생의 일을 무사히 처리하고 발해흥업까지 처부순 성찬은 한동안 밀린 회사 일로 정신없이 바쁘게 지냈다.

발해흥업의 조폭들은 성찬에게 호되게 당한 후, 아예 그쪽 세계에서 발을 빼기로 결심했다.

자신과 한 번 더 마주치게 되면 더 심한 꼴을 볼 거라는 성찬의 으름장 때문이었다.

그 말을 순순히 들을 정도로, 그날 밤 그들은 심하게 당했다.

학성이 겪었던 수준보다는 못했으나, 대부분의 사람이 트라우마에 걸릴 정도였다.

싸움 좀 한다 하는 조폭 십수 명이 성찬을 때려보기는커녕 옷깃조차 스치지 못했다.

심지어 그의 움직임을 제대로 본 사람도 없었으니, 사람이 아니라 유령이나 허깨비를 상대하는 기분이었다.

그들은 그 주 안에 뿔뿔이 흩어졌다. 각자 고향에 내려가거나, 먼 지방의 소도시에 잠적하여 평범한 일자리를 구했다.

일부는 공포를 못 이기고 경찰에 자수를 하기도 했다. 성찬은 성찬대로 무섭고 종로파에도 쫓기게 됐으니, 차라리 감옥 안이 안전할 것 같다는 생각에서였다.

그중에는 임시 두목이었던 박병근도 포함되어 있었다. 그는 병원으로 옮겨져 치료를 받은 후, 몸이 회복되자 다시 구치소에 수감되었다.

그런 박병근에게 누군가 갑자기 면회를 왔다.

친척 어른이라는 말에 면회인을 대면한 박병근은 사색이 됐다.

"저, 전갈 형님?"

전갈이라 불린 사내가 태평스러운 투로 말했다.

"어이, 동생. 어째, 그 안은 지낼 만한가?"

겉보기에는 작은 체구에 평범한 인상의 중년 사내였다. 그러나 박병근은 그를 보자마자 움츠러들었다.

"어떻게 여기까지 오셨습니까."

"어떻게는. 큰 맘 먹고 받아들인 동생들이 잠수를 타거나 이렇고롬 자수를 해버렸응게 나가 여까지 온 것이재."

구수한 사투리로 말하는 전갈의 얼굴은 웃고 있었으나, 눈빛은 더없이 서늘하게 가라앉아 있었다. 박병근은 감히 그와 시선을 마주칠 생각조차 못했다.

종로파는 무늬만 조직인 발해홍업과는 차원이 다른, 제대로 된 폭력 조직이었고, 이 전갈이라는 사내 또한 그만큼 무서운 자였다. 단도 한 자루만 쥐면 세상에 겁날 게 없다는.

그는 얼치기 칼잡이들이 그렇듯이 함부로 사람을 찔러대는 게 아니라, 전갈의 독침처럼 치명적인 일격을 가한다고 해서 전갈이라 불렸다.

깔끔하게 급소에만 한두 방. 칼자국은 적을수록 좋다. 그게 전갈의 신조이자 방식이었다.

그는 40대 중반의 나이에도 불구하고 일선에서 싸우기를 즐겨해서, 사업체를 맡겨도 마다하고 행동대장으로 뛰는 자였다. 현역으로 뛰는 칼잡이 중에는 최고일 거라는 평을 받았다.

그런 자가 직접 박병근을 찾아온 것이다.

박병근이 기어들어 가는 목소리로 웅얼거렸다.

"죄송합니다."

전갈이 혀를 찼다.

"나가 곰곰이 생각을 혀 봤는데. 다른 넘들은 몰라도 병근이 넌 그 정도로 깡다구가 없는 넘은 아니란 말여. 뭔 일이 있었던 거냐? 솔직히 털어봐 봐. 그럼 나가 참작해 줄 텡게."

"그것이……."

박병근은 잠시 고민했다. 성찬을 떠올리자 또 몸이 으스스 떨렸다. 하지만 그 떨림은 곧, 눈앞의 사내에 의해 희석됐다.

당장 바로 앞에 있는 상대가 더 무섭게 느껴졌다. 덕분에 간신히 용기를 내어 입을 열 수 있었다.

"김성찬이라는 놈인데……."

본래 면회시의 얘기는 구치소 요원이 모두 듣고 기록하게 되어 있었다. 외부의 인물과 공모하여 범죄 사실을 은폐하려고 시도하는 등의 우려가 있기 때문이다.

하지만 박병근의 면회실에 앉아 있던 교도관은 힐끗 한 번 눈길을 주었을 뿐, 두 사람의 대화를 제지하지 않았다. 또한 면회 일지에는 '특이 내용 없음' 이라고 써 넣었다. 종로파의 입김이 닿은 것이다.

박병근의 얘기를 듣는 전갈의 눈이 차갑게 빛났다.

*　　　*　　　*

성찬은 학성과 불곰, 그리고 발해흥업 등에 대한 일을 차차 잊어가고 있었다.

워낙 바쁘게 살다 보니 그런 것도 있지만, 스스로의 능력에 대해 자만심을 갖게 된 것도 원인의 일부였다. 상대가 인트루더가 아닌 이상, 어떤 일이 벌어져도 대처할 수 있다고 생각하게 된 것이다.

'시간을 멈추는 내 힘은 지구에서는 무적이나 마찬가지야. 만약 조금 늦어서 불상사가 생겼다 해도, 그때는 과거로 회귀시켜 버리면 없던 일이 되니까.'

성찬은 여느 때와 마찬가지로 출근 준비를 서두르며 생각을 이어 나갔다.

'반면에 난 앞으로 일어날 일을 알고 있으니 완벽하게 막아낼 수 있지. 더 이상 그런 조폭 놈들 따위한테 신경 쓸 필요가 없어. 그보다 아스트라가 계속 소식이 없어서 걱정되네. 이제 거진 한 달 가까이 되어가는데……'

자만하게 되자 자연히 경계심도 약해졌다. 그 탓에 성찬은 며칠 전부터 자신을 은밀히 미행하는 그림자가 있다는 사실을 전혀 눈치채지 못했다.

그의 경계심이 약해진 데는 또 다른 이유도 있었다. 바로, 전부터 신경 쓰이던 희영과의 사이에 감도는 핑크빛 기류 때문이었다.

이날도 마찬가지였다.

성찬은 자재 창고 일을 마치고 재고 보고를 위해 회사에 들렀다.

야간조일 때는 창고에서 바로 퇴근하지만, 주간조일 때는 대개 회사에 들렀다 가곤 했다.

희영이 사장실에서 나오는 그의 등 뒤를 스쳐 지나가며 속삭였다.

"과장님. 있다가 퇴근하고 밖에서 봬요."

"어, 으, 으응. 그래요."

성찬은 그녀가 지나간 자리에서 풍기는 화장품 향기에 얼굴을 붉혔다.

각자 퇴근한 두 사람은 회사에서 조금 떨어진 레스토랑에서 만났다. 둘이 약속 장소로 정한 곳이었다.

아직 정식으로 사귀는 것도 아니고, 회사 사람들의 눈에 띄면 뭔가 거북해질 듯해서 굳이 좀 떨어진 곳에서 만나기로 한 것이다.

음식을 주문한 성찬과 희영은 잠시 어색한 침묵을 지켰다.

'하여간 숙맥이라니까.'

속으로 한숨을 내쉰 희영이 먼저 대화를 주도했다.

"날이 많이 선선해졌네요."

"응. 그러게."

"파주 쪽은 춥지 않아요?"

"아직은 괜찮아."

"하긴, 무거운 자재를 자주 옮기고 해야 하니까 더운 것보다는 낫겠어요."

"그렇지, 뭐."

"아참. 회사에서 새로 나온 차는 괜찮아요?"

"응. 좋아."

이 말을 끝으로 성찬은 또 입을 다물었다. 이런 식이니 대화가 길게 이어질 수가 없다.

희영은 최근 들어 은근히 속이 타기 시작했다.

그녀가 보기에 성찬은 분명 성실하고 괜찮은 남자 같은데, 자신에게 호감이 있는 것 같으면서도 한편으로는 아리송한 태도를 보였다.

그저 연애 경험이 없어서가 아닌, 가까워졌다 하면 살짝 밀어내는 듯한 느낌이라고나 할까.

희영은 그것을, 과거 황수진에게 입은 상처 때문이라고 여겼다.

성찬은 예전에 진심으로 사랑한 황수진이라는 여인을 친구 이용준에게 빼앗긴 적이 있었다.

더구나 황수진은 당시 성찬이 벤처 기업을 차리기 위해 야

심차게 기획한 아이디어 중 알짜배기를 빼내어 용준에게로 가져갔다.

친구와 연인에게 한꺼번에 배신당한 것이다. 그로 인해 성찬은 몇 년간 폐인이 되다시피 했다.

사실 그때 일은 성찬의 가슴속에서 많이 희석되었다. 정확히는 아스트라를 만나서 마법을 익히고 새로운 사명에 눈을 뜬 후부터였다.

'마법'이라는 경이로운 세계.

이계의 존재들과 벌이는, 목숨이 넘나드는 대결.

지구의 운명이 걸린 싸움.

이처럼 자신이 알던 것과 스케일이 완전히 다른 세계가 펼쳐졌기에, 그전까지의 일은 시시하게 여겨질 수밖에 없었다.

나라에 전쟁이 터졌는데 윗집과의 층간소음에 더 열을 올릴 사람이 없듯이.

복수심이 완전히 사라진 건 아니지만, 예전처럼 생각만으로도 가슴이 터질 것 같고 얼굴에 열이 오르는 정도는 아니었다.

이를 모르는 희영은 성찬이 아직 과거의 상처 때문에 자신과의 연애를 시작하길 망설이는 게 아닌가 하고 짐작한 것이다.

'그러고 보면 전에 처음 만났을 때 황수진 선배 얘기를 꺼냈더니 민감한 반응을 보였지. 내가 상처를 잊게 해주려고 해도, 뭔가 시작이 되어야 해보든 말든 하지. 휴.'

그나마 다행스러운 점이라면, 그에게 다른 여자가 없는 게 거의 확실하다는 점이랄까.

결국 두 사람은 식사 하는 내내 별다른 얘기를 하지 못했다.

성찬은 점차 무거워지는 공기를 감지하고 가볍게 한숨을 내쉬었다.

'후우. 난감하군.'

성찬도 영 숙맥인 건 아니었다.

나이도 먹을 만큼 먹었고 과거에 이미 불같은 연애를 경험해 본 성인 남자다.

그는 희영이 자신에게 좋은 감정을 가지고 있다는 걸 알고 있었다.

하지만 그녀에게 마음을 열려고 하면, 알 수 없는 망설임이 일어나서 다가가는 걸 막았다. 그 스스로도 정확한 원인을 알 수 없는 현상이었다.

'내가 왜 이러는지 모르겠군. 희영이는 충분히, 아니, 나 같은 놈이 감히 넘보기도 어려울 정도로 예쁘고 똑똑하고 야무지고 몸매까지 좋은데. 그런 여자가 먼저 호감을 표시하고 있는데……. 왜 이렇게밖에 못 하는 거지?'

성찬과 희영은 어색한 분위기 속에서 묵묵히 저녁 식사를
마쳤다.

"이만 갈까?"

성찬의 말에, 희영의 얼굴로 얼핏 실망하는 기색이 스쳐 갔
다. 그녀는 얼른 이를 감추고 밝게 말했다.

"그래요. 맛있게 잘 먹었어요, 오빠. 오늘은 제가 계산할게
요."

"아니야."

잠시 망설이던 성찬이 입을 열었다.

"바래다줄까?"

계산서를 들고 앞서 가던 희영이 놀란 표정으로 고개를 돌
렸다.

"네?"

"바래다줄게."

"정말요?"

집 근처까지 데려다 주겠다는 아주 사소한 일. 연인 사이에
서 어지간한 남자들이 다 하는 일이다.

희영은 거기에도 큰 기쁨을 표했다.

성찬은 자신이 지금까지 얼마나 그녀에게 무심했는지 새
삼 반성이 됐다.

희영이 그에게 보여준 크고 작은 배려들을 감안하면 지나

치게 무심했던 게 사실이었다.

그녀는 회사 내에서 성찬과 관련된 업무라면 최대한 신경을 써서 빨리 처리해 주었다.

간혹 파주 창고로 가기 전에 회사에 들르면 도시락이나 음료수를 살짝 챙겨주기도 했다.

예전 황수진과 사귈 때는, 강북에서 강남까지 하루도 빼먹지 않고 바래다주곤 했었다.

그녀는 처음부터 그 일을 당연하게 여겼다. 사귀는 내내 단한 번도 성찬에게 고맙다는 말을 하지 않았다. 그저 여왕처럼 도도한 얼굴로 받아들였을 뿐이다.

희영의 얼굴 전체로 서서히, 기쁨의 빛이 퍼져 나가는 걸 보며 성찬은 결심했다.

'그래. 노력해 보자. 이런 여자가 먼저 좋아해 줄 일이 내 인생에 앞으로 얼마나 있겠냐.'

두 사람은 들어올 때보다 한층 사이좋은 모습으로 레스토랑을 나섰다.

그 직후, 아까부터 구석자리에서 그들을 지켜보던 한 사내가 일어나서 조용히 뒤를 따랐다.

평범한 차림에 평범한 생김새.

일부러 주의를 기울여서 관찰해도 사람들 사이에 섞여들면 놓치기 십상인, 그런 사내였다.

희영의 집은 강북에서도 약간 변두리의 주택가에 있었다.

여름이 끝나가면서 날이 부쩍 짧아졌다. 저녁 식사를 마친 두 사람이 희영의 집 근처에 다다랐을 때는 이미 주위가 캄캄해진 후였다.

성찬은 아직 자기 차를 사지 못했다.

그렇다고 회사 차를 이런 일에 쓰기에는 뭐해서, 일부러 회사에 두고 나왔다.

두 사람은 버스에서 내려 오르막길로 한참을 걸어 올라왔다. 그러고도 구불구불한 좁은 골목을 따라 제법 들어가야 했다.

함께 길을 걷다 보니, 오히려 자연스럽게 대화가 이어졌다.

"집이 회사에서 꽤 머네? 불편하지 않아?"

"다닐 만해요. 어릴 때부터 살던 집이라 여기서 학교도 다 다녔는데요, 뭐."

성찬은 다소 충동적으로 질문했다.

"그런데 솔직히 월급이 그렇게 많은 것도 아니고, 출퇴근 거리도 멀고……. 희영이 넌 뭐가 좋아서 우리 회사에 다니는 거야?"

"그야 사장님을 비롯해서 다 좋은 사람들이고……."

잠시 머뭇거리던 희영이 말을 이었다.

"오빠가 있으니까요."

고백이나 다름없는 말을 내뱉은 그녀의 얼굴이 붉어졌다.
그 얼굴이 가로등 불빛에 비쳐 몹시 예뻐 보였다.

성찬은 시간 회귀를 했던 경험으로 미루어, 그녀가 내숭덩
어리라는 사실은 이미 간파했다.

하지만 지금의 모습은 내숭 같지만은 않았다.

아니, 내숭이라 해도 상관없었다. 그의 눈에는 예쁘게 보이
기만 했으니까.

적절한 때에 부리는 내숭은 여자의 강력한 무기가 될 수도
있는 것이다.

"희영아."

성찬이 그녀를 지그시 내려다보며 분위기를 잡았다. 키스
타이밍이라고 느낀 희영이 눈을 살포시 감았을 때였다.

점퍼 차림의, 아무 특징 없는 장년 사내가 두 사람의 뒤를
스쳐 지나갔다.

성찬과 희영은 까맣게 몰랐지만 레스토랑에서부터 두 사
람을 따라온 자였다.

성찬은 조금 머쓱한 표정을 지었을 뿐, 그에게서 아무 위협
도 느끼지 못했다.

그 직후, 그는 왼쪽 등허리에 뜨끔함을 느꼈다. 이어서 숨
이 턱 막혀 왔다.

"어……?"

갑자기 다리가 풀린다. 비틀거리던 그가 털썩 주저앉았다.

피가, 마력이 몸 밖으로 마구 빠져나가는 게 느껴졌다. 희영이 눈을 뜨고 놀라서 그를 부축했다.

"오빠? 왜 그래요?"

어느새 되돌아온 점퍼 차림의 사내가 말했다.

"아가씨. 그 친구가 왜 그러냐면 말이여. 허파를 찔려 부렸거든."

희영이 그의 말뜻을 이해하는 데는 몇 분의 시간이 걸렸다.

천천히, 그녀의 얼굴이 희게 질려 갔다. 이 사내가 대체 무슨 말을 하고 있는 걸까?

찔렀다고? 성찬을?

"……네?"

"뒤쪽에서 허파를 찔려 부렸다고. 허파를 찔리면 공기가 새서, 비명도 제대로 못 질러. 숨쉬기가 어려우니 당연히 힘도 못 쓰것지?"

친절한 설명과 함께, 사내가 품에서 폭이 좁고 긴 회칼을 꺼내 보였다. 뼈도 단숨에 잘라낼 수 있을 것 같은 예리한 칼이었다.

그 칼에 성찬의 그것으로 짐작되는 피가 흠뻑 묻어 있었다. 사내는 가볍게 칼을 흔들어 피를 털어냈다.

"아……."

비로소 무슨 일이 벌어졌는지 깨달은 희영이 숨을 크게 들이켰다.

사내는 번개처럼 달려와서 투박한 손으로 그녀의 입을 막았다. 나이에 걸맞지 않게, 행동이 놀랄 정도로 민첩했다.

"쉿. 아직 아가씨 차례가 아니니까 조용히 혀."

"……!"

점퍼 차림의 사내는 전갈이었다.

그는 박병근을 통해 성찬에 대한 정보를 모조리 입수했다. 그가 다니는 회사에서부터 집 주소, 가족 사항과 인적 관계까지, 박병근이 이제까지 알아낸 모든 것을 고스란히 인계받았다.

그리고 그 정보에 따라, 성찬이 퇴근하는 시간에 맞춰 회사 근처에서 기다리고 있다가 일을 감행한 것이다.

파주에서 처리할까 하는 생각도 했지만, 이미 말썽이 일어났던 전력이 있는 곳이라 발해흥업 쪽을 통해서 수사가 들어올 가능성이 있었다.

여기서라면 데이트하던 연인이 강도에게 당한 것쯤으로 치부될 것이다.

파출소나 지구대가 멀리 떨어져 있고 동선에 CCTV가 없다는 것도 이미 확인해 두었다.

전갈은 희영을 거세게 담벼락에 밀어붙이고 한 손으로 입을 틀어막았다.

그리고 자신이 흘린 피구덩이 속에서 버둥거리는 성찬을 내려다보며 비웃듯이 말했다.

"김성찬이, 맞제? 병근이가 눈에 뵈지도 않을 만치 엄청나게 빠른 넘이라고 해서 쪼께 긴장했는디, 이건 뭐 완전히 애송이구먼? 여자한테 정신이 팔려서 근가? 하긴, 사랑이 사람 눈을 멀게 하긴 혀."

성찬은 대답 대신 신음을 흘리며 일어나려고 안간힘을 썼다.

"끄…… 으."

"거 쓸데없이 씨부리려고 애쓰지 않는 게 좋을 거여. 허파에 피가 차니께."

사실, 전갈은 예상치 못한 일 때문에 조금 놀라고 긴장했다.

칼을 찔렀다 빼는 순간, 성찬의 몸에서 이상한 반탄력 같은 기운이 느껴진 까닭이었다.

그가 찔러 본 사람의 숫자는 셀 수도 없었다. 인간의 뼈와 장기의 위치, 근육과 뼈의 강도 등은 사람마다 다르지만, 전갈은 어떤 경우에라도 정확하게 목표에 치명상을 입힐 자신이 있었다.

그는 횟감을 수십 년간 다룬 횟집 주인이나 마찬가지였다. 눈을 감고서도 뼈를 피해 급소를 찌르고 살을 발라낼 수 있는 것이다.

그런데 반탄력이라니. 두부처럼 부드럽게 잘려야 할 몸뚱이에서.

이는 그의 칼끝이 실수로 성찬의 갈비뼈를 긁었거나, 성찬의 근육이 전갈의 회칼을 순간적으로 견뎌낼 정도의 탄성과 강도를 가졌다는 의미였다.

그의 칼은 일본의 장인으로부터 거금을 들여 구입해서, 하루도 날 갈기를 빼먹은 적이 없는 물건이다. 마음만 먹는다면 사람의 팔을 뼈째 자를 수도 있을 것이다.

둘 다 말이 되지 않는 가정이었다.

다행히 성찬은 다른 희생자들이 그랬듯, 스르르 무너져서 입만 뻐끔거렸다.

그러나 그 이유는 보통 사람들과 달랐는데, 대부분의 사람들이 구원을 청하거나 목숨을 애걸할 목적이었다면 성찬은 주문을 외려는 것이었다. 물론 전갈은 그 사실을 꿈에도 몰랐다.

성찬은 자신이 치명상을 입었음을 본능적으로 깨달았다. 그의 마력은 대부분 피와 뼛속에 담겨 있는데, 과도한 출혈과 더불어 마력도 사정없이 빠져나가고 있었다.

'이대로라면 과다출혈로 죽는다.'

기관 손상과 출혈은 시간 정지로도 어찌할 수 없는 사태였다.

세포 노화가 늦춰지긴 해도, 어쨌거나 성찬 자신의 시간은 변함없이 흐르기 때문이다.

시간 회귀 주문.

이것만이 자신을 살릴 수 있는 열쇠였다.

시간 회귀 주문을 위한 체내 마법진은 이미 몸속에 연성되어 있다.

거기에 맞춰 마력도 흘려보냈다. 이제 마지막 단계인 캐스팅만이 남았다.

마법은 입 밖으로 소리 내어 캐스팅을 함으로써 완성되는 것이다.

시간 회귀 마법을 위해 남은 마력을 모두 끌어 모은 탓에, 치유 마법을 쓸 수도 없다.

절대 치유를 익히고 있는 아스트라라면 모를까, 어차피 그가 익히고 있는 어설픈 수준의 치유 마법으로는 고치기 힘든 상처였다.

그때 전갈이 겁에 질려 벌벌 떠는 희영의 목에 칼을 갖다 댔다.

"근디, 김성찬이 자네. 적당히 봐주기에는 너무 많이 나갔더라고. 종로파가 겁나 우스워 보였나벼. 우리한테도 체면이라는 게 있어서 말여.”

그는 성찬을 향해 고개를 돌리고 히죽 웃어 보였다.

“혀서, 그렇게 꼼짝 못하는 상태로 애인이 죽는 꼴을 보면서 같이 죽는 거여. 어뗘? 짜릿하겄재? 아, 여자는 살려달라, 뭐 이런 말은 하딜 말어. 이 아가씨는 어차피 내 얼굴을 봐버려서 냅둘 수가 없어.”

성찬은 전갈의 말과 행동을 보며 깨달았다.

발해흥업에서 보낸 자인지, 종로파에 속한 자인지 그런 것은 중요하지 않다.

이 평범해 보이는 남자는 진짜 살인자였다.

사람을 죽이는 일에 아무 죄책감도 못 느끼고, 필요하다면 비즈니스처럼 해치울 수 있는, 영화에서나 보던 킬러였다.

발해흥업을 끝장냈다고 여기고 안심하고 있었다. 그 안일한 대처가 이런 결과를 불러왔다.

성찬은 후회하는 대신 간절히 빌었다.

‘제발, 한 마디만. 내 수명을 십 년 바쳐도 좋으니까 신이든 악마든 한 마디만 할 수 있게 해 줘. 제발!’

순간, 그의 간절한 바람을 비웃기라도 하듯, 전갈의 칼끝이 기어이 희영의 하얀 목을 파고들었다.

“……!”

그녀는 비명조차 지르지 못했다. 그저 믿을 수 없다는 눈빛으로 전갈의 손을 멀거니 내려다볼 뿐이었다.

그런 그녀의 목에서 곧 붉은 피가 쏟아져 나오기 시작했다.

'이 찢어죽일 새끼가……!'

성찬의 눈에 핏발이 섰다. 아니, 실핏줄이 터져서 아예 두 눈이 시뻘겋게 변해 버렸다. 그 눈을 본 전갈은 자기도 모르게 움찔했다.

성찬의 체내에서 마법사 고유의 호르몬인 브리스콜라가 맹렬히 분비된 것은 그때였다.

마법사가 위급한 상황에 처했을 때, 고통과 혼란을 억제해 주는 수수께끼의 물질이다.

무엇보다 절실한 한 줌의 산소가 성찬의 폐를 거쳐 체내로 유입되었다.

거기에 힘입어, 성찬은 마침내 시동어를 입 밖으로 내뱉을 수 있었다.

"시간…… 회귀!"

눈앞에서 빛이 번쩍인 순간, 성찬은 여전히 쓰러져 있는 자신을 발견했다. 그런 그에게 전갈이 말했다.

"김성찬이, 맞재? 병근이가 눈에 뵈지도 않을 만치 엄청나게 빠른 넘이라고 해서 쪼께 긴장했는디, 이건 뭐 완전히 애송이구먼? 여자한테 정신이 팔려서 근가? 하긴, 사랑이 사람 눈을 멀게 하긴 혀."

"크으윽……!"

이미 칼에 찔린 후의 과거였다.

더 돌아가야 한다.

다시 한 번. 이어서 또 한 번.

성찬은 가로등 불빛 아래서 뺨을 약간 붉힌 채, 자신을 물끄러미 바라보고 있는 희영의 얼굴을 보았다.

드디어 그 순간으로 돌아왔다.

자기도 모르게 손을 등 뒤로 돌려, 아까 찔린 부위를 만져 본다. 당연히 상처도 없고 옷도 찢어지지 않았다.

멀쩡할 거라는 걸 알지만 그 섬뜩하고 고통스러웠던 감각이 아직 생생해서였다.

"오빠?"

희영이 의아한 듯 입을 열었을 때, 성찬은 등 뒤로 소름이 바싹 돋는 걸 느꼈다.

'왔다.'

그 남자였다.

두 사람이 있는 골목으로 칼잡이가 걸어오고 있었다. 간신히 그때 당시로 돌아오는 데 성공한 것이다.

이렇게 다시 봐도, 살기는커녕 조금의 위압감조차 느껴지지 않는 평범한 사람이었다.

성찬은 문득, 다른 세계에서 온 마법사들을 상대할 때보다 더욱 위축되어 있는 자신을 발견했다.

'후훗.'

어이가 없어서 실소가 나왔다.

놔뒀다가는 지구 전체를 파괴할 수도 있는 존재들과 싸워본 주제에, 중년의 폭력배에게 더 겁을 먹다니.

아니다. 그는 비로소 죽음의 본질을 경험했다.

인간은 번지 점프 등을 통해, 일부러 돈을 내가면서 두려움을 체험하려고 한다. 그에 비해 운전은 누구나 하는 일상생활이나 마찬가지다.

얼핏 보기에는 번지 점프대가 훨씬 위험해 보인다. 그러나 사람이 죽는 빈도와 수는 교통사고가 압도적으로 많다. 진정 무서운 것은 늘 모르는 사이에 곁에 다가와 있는 법이었다.

성찬은 희영을 등 뒤로 감추고 사내를 향해 몸을 돌렸다.

움찔할 법도 한데, 사내는 여전히 태연했다. 그는 마치 원래 그 길을 가던 사람처럼 성찬과 희영을 지나쳐 그대로 골목 밖으로 빠져나가려 했다.

성찬이 그의 등 뒤에 차갑게 내뱉었다.

"발해홍업의 사주로 왔나? 아니면 종로파?"

사내는 그때서야 멈칫했다. 그가 고개를 돌리고 온화한 목소리로 말했다.

"무슨 말씀이신지?"

일단 정체가 들통 난 이상, 사내는 성찬의 상대가 될 수 없었다.

그가 아무리 잔혹한 킬러라고 해도 자연의 섭리를 바꿀 수 있는 힘은 없었기에.

그는 희영까지 해치려다가 성찬을 죽일 수 있는 마지막 기회를 놓친 셈이었다.

시간 정지!

그 즉시 모든 것이 멈췄다.

성찬의 등 뒤에서 약간 겁먹은 듯한 숨소리를 내던 희영도, 의뭉스러운 표정으로 성찬을 바라보던 사내도. 그런 세 사람을 비추던 가로등 불빛의 흔들림까지.

이제는 익숙해져 버린, 정(停)의 세계.

성찬은 그 속을 걸어서 사내에게 다가가, 그의 품을 뒤졌다.

곧 사내의 품속에서 예리한 회칼이 나왔다.

이미 알고 있는 사실임에도 회칼을 보는 순간 소름이 끼쳤다. 성찬 자신의 몸을 헤집은 적이 있는 물건인 탓이다.

그는 회칼을 들고 제자리로 돌아가 시간 정지를 해제했다.

자신과 사내의 푸닥거리를 보게 될 희영이 신경 쓰였지만, 그녀까지 배려하여 다른 장소로 옮겨놓고 다시 돌아와 사내를 상대하기에는 시간 정지의 발동 시간이 부족했다.

솔직히, 귀찮았다.

그녀가 받을 정신적 충격?

엿이나 먹으라고 하고 싶은 기분이었다.

자신은 조금 전에 저승에 반쯤 발을 걸쳤다가 돌아온 것이다. 그건 희영도 마찬가지였다. 원래대로라면 그녀는 죽은 목숨이다.

거기에 비하면, 좀 놀라는 것 정도는 긁힌 상처나 다름없었다. 자신의 이런 사고방식을 깨달은 성찬은 씁쓸하게 웃었다.

'나, 알고 보니 상당히 나쁜 남자였구나.'

그는 이렇게 생각하면서도 시간 정지를 해제했다.

"헉!"

자신이 목숨처럼 소중하게 여기는 회칼이, 목표로 했던 애송이의 손에 들어가 있음을 보고 놀란 전갈이 숨을 들이켰다.

아무리 포커페이스가 장기인 그라도 여기에는 평정이 깨지지 않을 수가 없었다. 언제, 어떻게 칼을 빼앗겼는지 전혀 느끼지 못했다.

'씨벌. 겁나게 빠르다는 게 이런 거였나? 참말로 눈에 뵈지도 않네. 이건 숫제 사기 아녀?

서서히 가면이 일그러지며 표정이 드러났다.

전갈의 관자놀이에 힘줄이 서고 눈에도 핏발이 섰다. 그가 이를 드러내고 맹수가 으르렁대듯 말했다.

"아그야. 좋은 말로 할 때 내놔라잉. 그건 너 같은 날파리 들이 만질 물건이 아닝게."

성찬은 침착하게 응수했다.

"상당히 위험한 걸 들고 다니시네요. 횟집에서 일하세요?"

"하아, 근디 이 상늠의 새끼가…… 내 연장이 니 손에 들 렸다고 해서 나가 너한테 당할 거 같으냐?"

성찬의 어조가 일변했다.

"맨손으로 덤비려고? 후회할 텐데. 이 양아치 깡패 새끼 야."

성찬은 자신의 낯선 말투, 차갑기 짝이 없는 빈정대는 말투 에 점점 굳어가는 희영의 기척을 느꼈다.

그의 마음 한편에서 어쩔 수 없는 일이라고 포기하는 자신 이 있었다.

"근데 이 개새……!"

소리를 지르며 성찬에게 쇄도하려던 전갈이 우뚝 멈췄다. 딜레이 시간이 끝나고, 성찬이 다시 시간 정지를 발동했기 때 문이다.

사실, 예전의 성찬이라면 전갈의 말마따나 칼 따위 없어도 닭 모가지 비트는 것보다 쉽게 죽일 수도 있었다.

칼은 그의 손이 좀 더 길어지고 예리해진 것과 같았다. 편하긴 하지만 없다고 해서 아무것도 할 수 없는 건 아니었다.

인간의 살은 생각보다 연하고 부드럽다. 손가락으로 눈을 찔러서 헤집고 목젖을 잡아 쥐어뜯는 것만으로도 쉽게 죽음에 이르게 된다.

다만, 그것은 상대가 평범한 인간일 때의 얘기였다.

성찬은 손가락을 갈고리처럼 구부린 채 자신에게 달려들려던 상태에서 마네킹이 된 전갈을 물끄러미 바라보았다. 칼을 빼앗겼음에도 성찬을 향한 살해 욕구를 포기하지 못한 모양새였다.

어째서, 저런 종류의 인간들은 한 번 본 적도 없는 사람을 그토록 쉽게 해칠 수 있는 걸까?

원래 그렇게 타고난 것일까, 아니면 살아오면서 그런 식으로 바뀐 걸까?

'나는 그렇다 치고.'

아무 죄도 없는 희영까지 죽이려 한 행위는 도저히 용서할 수가 없었다.

만약 성찬에게 시간을 조종하는 힘이 없었다면, 두 사람은 오늘 이 어두운 골목에서 무참한 죽음을 맞이했으리라.

물론 마법을 몰랐다면 애초에 이 지경까지 안 올 수도 있었다.

대신 여전히 골방에서 인간 취급 못 받으며 게임의 세계에 빠져 있었겠지만.

이런 일 또한, 마법이라는 힘을 손에 넣게 된 대가의 일부인가?

잠깐 회칼을 바라보던 성찬은, 그것을 사내의 손에 대충 쥐어주었다. 그리고 희영이 있는 뒤쪽까지 물러나서 망설임없이 백열파를 날렸다.

사내의 미간을 향해.

소리없이 날아간 마력의 덩어리가, 사내의 육체와 부딪치는 순간 강력한 물리력을 발휘했다. 두 눈과 콧대가 이루는 삼각주가 완전히 사라질 정도 크기의 구멍이 뚫렸다. 전갈의 머리는 그대로 부서졌다.

그는 아마 무슨 일이 벌어지는지도 모르고, 고통조차 못 느낀 채 죽음을 맞이했을 것이다.

이게 성찬이 인간으로서 행할 수 있는 최대한의 자비였다. 무수한 생명을 앗아온 칼잡이에게는 호사스러운 죽음이었다.

성찬은 시간 정지가 풀리자마자, 희영의 손을 잡아끌고 반대 방향으로 걸음을 재촉했다.

　아무리 그래도 사람이 처참하게 죽은 꼴을 그녀에게 보이
고 싶진 않았다.

제8장
아스트라가 돌아오다

전갈과의 일이 있었던 후로, 희영은 더 이상 성찬에게 살갑게 대하지 않았다. 그날 그가 보인 행동에서 두려움을 느꼈음이 분명했다.

　혹은, 그 후에 골목에 죽어 있던 전갈의 시체가 발견되었기 때문인지도 몰랐다. 그 일을 한 게 성찬이라고 여기는 것이다.

　성찬은 거기에 대해, 희영에게 어떤 설명도 하지 않았다. 두 사람 사이에 감돌던 묘한 분위기도 자연스럽게 식어갔다.

　전갈의 죽음은 뉴스에서 잠깐 다뤄졌을 뿐이다.

곧 그의 신원이 밝혀졌고 화려한 전력도 함께 드러났다. 그러자 경찰에서는 조직 간의 원한 관계로 인한 살인으로 처리해 버렸다.

그가 머리에 구멍이 뚫린 채 발견됐을 당시, 즐겨 쓰는 회칼을 손에 들고 있었다는 사실이 그 추측에 힘을 실어줬다.

다행히 골목에는 흔한 CCTV 하나 없었다. 전갈도 미리 그 부분을 파악하고 그 장소에서 성찬을 노린 것이지만.

너무나 쉽게 사람을 죽였고, 또 너무나 아무렇지 않게 묻혀 버렸다.

비록 자신과 희영을 해치려 한 악인을 죽인 것이긴 하나, 성찬은 일종의 허탈감을 느꼈다.

며칠 동안 식사도 제대로 못하고 고민하던 성찬은 한 가지 큰 결심을 했다.

'종로파를 지워야겠다.'

전갈을 해치운 것만으로도 충격이 컸던 그가, 역설적으로 더 큰 일을 벌일 결심을 하게 된 것이다. 전갈의 죽음으로 인해 앞으로 닥칠 여파를 짐작했기 때문이다.

언제, 어떤 방식으로 행할 것인지 구체적인 계획은 세우지 않았다. 하지만 언젠가 꼭 해야 할 일이라는 건 분명했다.

안 그랬다가는 제2, 제3의 칼잡이가 나타나지 말라는 법이 없었다. 전갈의 암습은 그에게도 큰 충격이었다.

성찬이 아무리 시간을 조종하는 엄청난 능력을 가졌다고
해도, 그의 몸은 하나일 뿐이었다.

그가 부재중일 때에 부모님이나 동생들을 노린다면 당하
는 수밖에 없다. 그런 사태를 막으려면 애초에 근원을 없애야
했다.

적당한 날을 잡은 성찬은 핸드폰을 열어서 누군가에게 전
화를 걸었다. 바로 예전에 성진의 일로 인연을 맺었던 이종석
형사였다.

"예, 형사님. 안녕하세요? 잘 지내셨죠? 그때는 정말 감사
했습니다. 네, 다름이 아니라요. 제 친척들 중에 한 분이
좀······. 유흥업소를 하는 분인데, 조폭이랑 얽혀서 골치 아픈
문제가 생긴 것 같더라고요. 그래서 뭐 좀 여쭤볼 수 있을까
해서······."

성찬에게 깊은 인상을 받았던 이종석 형사는 별 거리낌 없
이 그의 제의를 수락했다.

그날 저녁, 이종석 형사를 만난 성찬은 자신이 가능한 범위
내에서 아낌없이 그를 대접했다. 그 결과 종로파에 대해 상당
한 양의 정보를 얻을 수 있었다. 거나하게 술을 마시고 혀가
꼬인 이 형사가 말했다.

"거 골치 아픈 놈들하고 엮이셨네요. 끄윽. 종로파라고 하
면 서울 내에서도 알아주는 전국구 조직인데. 종로서에서도

어지간하면 쉬쉬하는 놈들이에요. 정치권하고도 선이 닿아 있다는 말이 있어서……. 그게 단순히 소문이 아니라 거의 확실한 얘기 같더란 말입니다."

"아, 그랬군요. 난처하게 됐네요. 여기, 한 잔 더 하시죠."

성찬은 적당히 이 형사의 말을 받아주고 쉴 새 없이 술을 권하면서 그가 늘어놓는 얘기들을 빠짐없이 기억했다.

헤어질 때는 자문료라는 명목으로 주머니에 봉투를 하나 찔러 넣어 주는 것도 잊지 않았다. 이걸로 종로파에 일이 벌어져도, 이 형사가 직접 나서서 조사하기는 어려울 것이다.

*   *   *

성찬이 이 형사를 만나고 일주일이 지난 후였다.

"으, 으으……."

종로파 두목, 이은철이 신음했다.

그는 엎어진 채 주위를 둘러보았다.

눈으로 보고도 믿기지 않는 광경이다.

스물이 넘는 부하가 모조리 쓰러져 있었다. 무슨 일이 벌어졌는지 깨닫지도 못하는 사이, 단 한 명의 사내 때문에.

종로파는 이름 그대로 종로의 유흥업소들과 상권에 기생

하여 피를 빨아먹는 조직이었다.

바지사장을 내세워 직접 운영하는 업소도 두어 개 된다. 그러다 운 좋게 집권당과 연결된 보수단체의 용역 일을 맡으면서 세력이 급격히 커졌다.

재개발 지역을 떠나지 않고 버티던 골칫덩이들을 쫓아내는 일거리였다. 가뜩이나 보수도 짭짤했는데 튼튼한 줄까지 생긴 것이다.

종로파의 일처리가 마음에 들었는지 일을 맡기는 빈도가 잦아졌다.

표면적으로는 보수단체의 의뢰였지만 배후에는 집권당을 대표하는 4선 국회의원이 버티고 있었다.

그 후로는, 이러면 의원님께서 싫어하실 거라는 한마디면 만사형통이었다.

경찰에서도 알아서 꼬리를 말아주니 감히 건드릴 자가 없었다.

적어도 오늘 아침까지는 그랬다.

제일 억울한 건, 당했다는 사실 그 자체보다도 어떻게 당했는지조차 모르겠다는 거였다.

그저 눈을 감았다가 떠보니 이렇게 되어 있었다는 표현이 정확했다. 마치—그래, 마치 시간이 멈추기라도 한 것처럼.

쓰러진 부하들 사이에, 숨 하나 가빠지지 않은 채 오연히

서 있는 사내가 보였다.

마른 체구에 아직 어린 태가 남은 곱상한 얼굴이다. 그가 들어섰을 때 방심했던 게 실수라고는 지금도 생각되지 않았다.

종로파가 관리하는 업체 중에는 대부업체도 있다.

처음 사내를 봤을 때는, 거기서 학자금을 빌린 대학생이 고리에 돈을 못 갚게 되자 사정이라도 하러 온 거라고 생각했다.

아니면 업소의 계집에게 빠져서 찾아왔거나.

어느 쪽이든, 이놈은 적당히 겁 줘서 쫓아보내고 사무실 주소를 알려준 업소가 어딘지 밝혀내서 조져야겠다, 그 정도 생각밖에 안 들었다.

그런데 문제의 청년이 사무실에 들어와서 맨 처음으로 한 말은 이랬다.

"안녕하세요. 실례지만 여기가 종로파라는 쓰레기들이 모여 있는 곳 맞나요?"

조폭들이 그 말의 의미를 이해하는 데는 잠시 시간이 걸렸다.

말 자체가 어려운 건 아닌데, 내용을 받아들이기 어려웠기 때문이다.

감히 면전에서 저런 소리를, 그것도 혼자 찾아와서 지껄일

놈이 있으리라고는 상상조차 못했다. 울컥한 부하들이 욕설을 퍼부었고 한두 명은 연장을 꺼냈다.

거기까지가 이은철이 기억하는 부분이었다.

그 뒤의 일은 도무지 어떻게 됐는지 모르겠다.

그를 향해 이은철이 힘겹게 입을 열었다.

"너… 넌 대체 뭐냐?"

사내가 이은철을 내려다보았다.

"나?"

싱긋 웃은 사내가 말했다.

"시간의 주인."

이은철은 그가 자신들을 놀린다고 생각했다.

"무슨 터무니없는 소리를……."

"그런 게 있어."

사내는 말과 함께, 쓰러져 있는 이은철의 머리를 호되게 걷어찼다. 그가 정신을 잃고 축 늘어졌다.

사내의 정체는 당연히 성찬이었다.

그는 기절한 조폭들을 로프로 칭칭 감아서 묶었다. 그리고 모조리 끌어다 한곳에 모았다.

혹시 모를 불상사를 대비해 죄다 두세 곳 정도 부러뜨려 놓은 상태였다. 사내들은 애벌레처럼 꿈틀거렸다.

이제 성찬은 필요하다면 뼈를 부러뜨리는 일 정도는 눈도 깜빡하지 않고 행할 정도로… 잔혹해졌다.

아프리카 물소는 평소에는 온순한 동물이다. 그러나 사자 무리에 의해 새끼가 죽음을 당하기라도 하면, 지구상에서 가장 위험한 동물 중의 하나로 돌변한다.

사자를 날카로운 뿔로 찔러 죽이고도 분이 풀리지 않는지, 건장한 수컷들이 떼로 모여들어 사자를 짓밟는다. 형체도 제대로 남지 않을 정도로.

오늘 성찬은 그 물소가 될 생각이었다.

그는 희영의 일을 겪으면서 뼈저리게 느꼈다. 자신이 아무리 시간을 되돌릴 수 있다고 해도, 그 시간은 고작 몇 분에 불과할 뿐이다. 일이 벌어진 다음에는 늦는다.

그는 짐짝처럼 쌓인 사내들 위에 미리 준비해 온 액체를 쏟아부었다.

액체의 정체는 바로 대량의 휘발유였다.

"으으……."

지독한 기름 냄새에 조폭 하나가 정신을 차렸다.

성찬은 놈들이 모두 의식을 회복할 때까지 끈기있게 기다렸다.

조폭들은 눈을 뜨고서도 벌벌 떨기만 할 뿐, 감히 성찬에게 덤벼들 생각을 하지 못했다.

이곳저곳의 뼈가 부러진 데다 온몸이 로프에 휘감겨서, 어차피 일어서거나 앉지도 못할 지경이었다.

그들은 자신들의 몸에 끼얹어진 액체가 기름이라는 사실을 즉각 깨달았다.

그리고 성찬이 장난스럽게 던져 올렸다가 받는, 작은 물체를 두려운 시선으로 쳐다보았다.

그것은 종로파가 운영하는 업소에서 받은 일회용 라이터였다.

마침내 성찬이 먼저 입을 열었다.

"다들 정신이 드셨나요?"

그래도 두목이라고, 이은철이 다시 대화를 시도했다. 물론 말투는 아까와 사뭇 달라져 있었다.

"으……. 어, 어디서 보낸 분이오?"

"저요? 글쎄요……. 그게 뭐 중요한가요. 여러분 마음대로 생각하세요. 국정원이라고 생각하셔도 되고, 아니면 여러분이 돕는 의원님의 반대파에서 보냈다고 여기셔도 되고. 단, 살고 싶으시다면 지금부터 제가 하는 얘기를 잘 들으셔야 할 겁니다."

사내들은 숨도 크게 못 쉬고 성찬의 말에 집중했다.

"난 김성찬이라고 합니다. 평범한 회사원이죠. 그런데 제

가 몸담은 회사가, 재수없게 나쁜 놈들이랑 얽혔어요. 발해흥
업이라고……. 제가 자재 창고를 지키는 타임에, 갑자기 쳐들
어와서 불을 지르려고 하더라고요. 게다가 방화를 막으려는
저를 흉기로 내려치기까지 했죠. 아마 여러분 중에도 그 일에
대해 아는 사람이 있을 거예요."

사내 중 몇 명의 얼굴이 흙빛이 됐다. 이은철도 그중 하나
였다.

분명, 예전에 발해흥업과 얽혔던 애송이 놈의 일로 전갈이
직접 나섰었다.

놀랍게도 문제의 애송이가 발해흥업을 해체시켰다는 말이
나돌았기 때문이다.

종로파는 이미 발해흥업을 하부 조직으로 받아들인 후였
다.

그냥 넘어가면 조직 전체의 체면에 손상을 입게 된다. 이에
이은철도 전갈의 행동을 굳이 제지하지 않았다.

발해흥업이 아무리 별거 아닌 조직이라고 해도, 애송이 혼
자서 박살 냈다는 말은 헛소문이 분명했다. 진위 여부야 어쨌
든, 최근 들어 욕구불만이 된 듯한 전갈이 그 일로 잠잠해지
면 좋은 거였다.

그 후 놀랍게도 전갈은 머리에 구멍이 난 시체로 발견되
었다. 거기에 대해 조직 자체적으로 한창 조사를 벌이던 차

였다.

한데 갑자기 이 무서운 자에게서 그 얘기가 나왔다.

안 좋았다.

이은철은 더럽게 좋지 않은 예감이 들었다. 조직 최고의 칼잡이는 죽어서 돌아왔는데, 그가 노리던 놈이 찾아와서 아예 조직을 난장판으로 휘저어놓았다.

우뚝.

던져 올렸다 받기를 반복하던 라이터를 손에 움켜쥔 성찬이 일변한 기색으로 말했다.

"혹시 니들이 보냈니? 그 칼잡이?"

"……."

부하들이 눈빛을 통해 이은철에게 무언의 애원을 담아 보냈다.

그래도 완전히 저자세로 나갈 수는 없다. 이은철은 조심스레 말을 골랐다. 일단 최대한 이 자의 비위를 맞춰야 했다.

"……상대가 당신인 줄 모르고 그런 거였소. 사실상 전갈의 단독 행동이라고 봐도 좋소."

"흠, 단독 행동이라."

찰칵.

성찬이 라이터에 불을 켰다. 조폭들의 귀에는 그 소리가 천둥처럼 크게 들렸다.

이은철이 다급한 어조로 외쳤다.

"잠깐만! 원하는 게 뭐요? 아무리 우리가 조폭이라고 해도, 엄연한 대한민국 시민이오. 우릴 모두 해쳤다가는 당신도 무사하지 못할 거요."

"대한민국 시민? 크큭. 웃기고 있네. 가족들이 너네한테 당하는 꼴을 보느니, 내가 감방에서 좀 썩지, 뭐. 그게 너희 수법이잖아. 화근을 놔두는 것보다는 낫지. 안 그래?"

"절대, 절대 귀하의 가족에게는 손을 대지 않겠소. 아니, 귀하와 거기 관련된 모든 것에 관심을 끊겠소. 정말이오."

이은철의 목소리가 간절해졌다.

성찬은 아주 잠깐, 마음이 살짝 흔들렸다. 그러다 문득 이은철과 시선이 마주쳤다.

그리고 눈을 통해 본능적으로 느꼈다.

이 이은철이라는 사내가 거짓을 말하고 있음을. 성찬의 동요를 눈치챈 그가 이미 마음속에 복수를 품었다는 사실을.

어떻게 알았는지는 설명하기 어려웠다. 이은철의 표정은 여전히 절실하기 짝이 없었다.

그저 직감적으로 느껴졌을 뿐이다.

성찬의 입가에 미소가 떠올랐다.

"그래. 너희는 언제나 그런 식이지."

"……무슨?"

"아무리 생각해도 안 되겠으니 그냥 뒈지라고."

성찬은 불 컨 라이터를 이은철의 발치에 갖다 댔다. 그가 다급히 발을 오므리며 외쳤다.

"안 돼! 이 미친 새끼야!"

"그래. 너희는 미친놈을 건드린 거야."

불꽃의 끝이 기어이 휘발유로 만들어진 도화선에 닿았다. 화아악! 불꽃은 그 즉시 혀를 날름거리며 사내들을 덮쳤다.

"끄아아아악!"

조폭들이 처절한 비명을 질렀다.

불꽃은 이은철을 비롯하여 조폭들이 입은 옷, 그들을 묶은 줄, 하다못해 그들의 머리카락에까지 듬뿍 배인 휘발유를 먹이로 순식간에 신나게 타올랐다.

사무실이 매캐한 연기로 가득 찼다. 줄에 묶인 사내들이 필사적으로 몸부림을 쳤다. 하지만 그 행위는 불길이 더 잘 타오르도록 도왔을 뿐이다.

사내들은 천천히, 고통스럽게 죽어갔다.

그들도 사람이었다. 죽음이 임박하자 눈물을 흘리고 똥오줌을 지리고 어머니를 찾았다.

지옥이 펼쳐졌다.

성찬은 그 참상을 멍하니 바라보고 있었다. 보면서도 자신이 한 일이라는 게 믿기지 않았다.

조금 전까지의 냉혹한 성찬은 어느새 사라지고 없었다. 그런 그의 한쪽 눈에서 문득 눈물이 흘렀다.

'난… 점점, 인간이 아닌 뭔가가 되어가고 있는 게 분명해.'

그때였다.

"워터 드롭! 절대 치유 마법!"

어쩐지 귀에 익은 목소리와 동시에, 횃대처럼 타오르던 사내들의 몸뚱이 위로 허공에서 별안간 생겨난 커다란 물방울이 떨어졌다.

물방울은 떨어진 즉시 사방으로 폭발하듯 비산하며 불을 꺼버렸다.

기름에 붙은 불은 물로 끌 수 없음을 감안할 때, 평범한 물이 아닌 게 분명했다. 애초에 허공에서 나타난 것 자체가 평범한 일은 아니지만.

물 다음은 빛이었다.

보는 것만으로도 성스러운 느낌을 주는 하얀 빛이 사내들을 감쌌다.

그러자 기적과 같은 일이 펼쳐졌다.

불에 녹아버리다시피 한 피부가 재생되었다. 열기와 유독 가스를 들이켜 손상된 폐가 원상태로 돌아갔다.

성찬의 손에 부러진 뼈도 붙었다. 하다못해 타 버린 머리카락들까지 돋아났다.

아직 정신을 잃은 상태였지만, 눈을 뜨면 멀쩡해진 자신들을 발견하게 될 것이다.

목사나 신부들이 봤다면, 그 자리에 엎드려서 기도하며 신을 찬양할 만한 광경이었다.

성찬이 얼이 빠진 듯 그 장관을 바라보고 있는데, 등 뒤에서 예의 익숙한 음성이 들려왔다.

"머저리. 그새 성격 많이 변했다?"

성찬은 천천히 고개를 돌렸다.

그가 아는 한, 이런 목소리, 이런 말투를 지닌 존재는 하나뿐이었다. 이 순간 그가 누구보다 필요로 하는 존재이기도 했다.

"아스… 트라?"

하지만 그의 시선에 포착된 것은, 하얀 봉제인형 고양이가 아닌, 눈부시게 아름다운 외국인 미녀였다.

당황한 성찬이 말을 더듬었다.

"저, 누, 누구세요?"

"멍청한 건 여전하구나. 방금 네 입으로 내 이름을 불렀잖아."

"저, 아스트라는 고양이인데……. 그것도 인형."

여인이 코웃음을 쳤다.

"설마 그게 내 진짜 모습이라고 여긴 거냐? 차원 이동을 반복하다 보니 워낙 마력 소모가 심해서, 이쪽 세계에 육체를 완전히 구현할 정도의 마력이 부족했기 때문에 잠시 인형의 몸을 빌렸던 것뿐이라고 말했잖아."

"그런 말 한 적 없……."

말하던 성찬이 입을 다물었다.

아스트라로 짐작되는 여인이 다가와서 갑자기 그를 힘차게 끌어안은 까닭이었다.

"왜, 울고 있어? 이렇게까지 해야만 했던 이유가 뭐야? 이건 전혀 너답지 않잖아."

그런 그녀의 목소리에서 은은한 슬픔이 배어 나왔다.

"아스트라……."

몸이 닿는 순간, 성찬은 알 수 있었다.

익숙한 마력의 파동이 여인의 몸을 통해 미미하게 그의 체내로 파고들었다. 그 마력을 머릿속에 그리고 온몸에 받아들인 적이 있는 성찬은 비로소 확신했다.

이 여인이 아스트라라는 것을.

제9장

강적이 나타나다

아스트라가 돌아왔다. 자신의 육체를 가지고.

그녀의 말을 빌리자면 이것도 본래의 몸 그대로는 아니라고 했지만, 뭔가 복잡한 마법적 설명이 추가되어서 제대로 알아듣기가 어려웠다.

그래도, 그녀가 아스트라라는 사실 하나로 충분했다.

성찬과 아스트라는 종로파의 사무실 근처에 있는 커피숍에서 마주 보고 앉아 있었다.

아스트라는 종로파 조직원들의 상처를 말끔히 낫게 한 다음, 그들의 기억 속에서 성찬에 대한 부분을 지워 버렸다.

그들에게 있어서 성찬은 아예 존재하지 않는 사람이 되었다. 발해흥업이 무너진 것도, 전갈이 죽은 것도 그들이 알지 못하는 누군가에 의해 벌어진 일이었다.

그리고 그들은 그 누군가에 대해 죽을 때까지 알 수 없을 터였다. 애초에 없는 사람을 찾아 헤매는 꼴이기 때문이다.

성찬이 그토록 골치를 썩이고 급기야 극단적인 선택을 하게 만든 일을 너무도 쉽게 해결하는 바람에, 옆에서 지켜보던 그는 허무해질 지경이었다.

커피숍에 와서도 그 여운이 가라앉지 않은 그가 중얼거렸다.

"역시… 마법의 힘이란 대단하구나."

"그걸 이제 알았어? 네가 무식하게 죽여서 입을 막을 생각을 하니까 그렇지."

"아니……. 하지만 그런 마법은 배운 적이 없는데 어떡하라고."

"좀 더 고민해 봤으면 다른 방법이 있었을 거야. 꼭 그런… 방식이 아니더라도."

아스트라는 꼭 그런이라는 말 뒤에, '리온 같은'이란 말이 나올 뻔한 것을 커피와 함께 꿀꺽 삼켰다. 그녀는 대신 딴 소리를 했다.

"흥. 이게 커피라는 건가? 좀 쓰긴 하지만 먹을 만하군. 이곳의 인간들이 그렇게까지 열광하는 이유는 모르겠지만."

"그런데 갑자기 왜 사라졌던 거야? 말도 없이. 너무하잖
아."

투정 섞인 성찬의 말에 아스트라가 답했다.

"상황이 좀 달라졌기 때문이야."

"무슨 상황?"

"인트루더들이 넘어오는 방식에 변화가 생겼다."

"응? 차원 이동인가 뭔가를 해서 오는 거 아니었어?"

"그전까지는 차원 이동 마법진을 통해, 일단 조건이 되면
보내고 보는 식이었다. 차원 이동 자체가 지극히 어려워서 열
에 아홉은 실패했기 때문이기도 하고, 이쪽 세계에 디아스티
마의 마법사를 막아낼 수 있는 존재가 있으리라고 생각하지
못한 것도 있었지."

"그건, 내 얘기야?"

"그래, 너. 너의 존재가 변수가 된 거야."

다시 커피 한 모금을 마시고, 살짝 눈살을 찌푸린 아스트라
가 말을 이었다.

성찬이 인트루더들을 차례로 상대하면서 몇 개월의 시간
이 흐르는 사이, 상대도 놀고 있지만은 않았다.

어쨌거나 지구의 관점에서 보면 천재라 할 만한 마법사들
이 모인 조직인 것이다.

그것도 마법으로 한 세계를 지배하고 있는 거대한 조직.

반 리온 파의 마법사들은 디아스티마에서 끊임없이 리온을 공격하여 견제하는 한편, 차원 이동을 안정화하는 데 총력을 기울였다.

아까운 전력이 불필요하게 소모되는 걸 막기 위해서였다.

그 결과, 마침내 새로운 방식의 차원 이동 터널을 구축해 내는 데 성공했다고 한다.

소모되는 마력과 시간은 더 크지만, 90퍼센트 이상의 확률로 차원 이동 성공을 보장하는 획기적인 마법이었다. 게다가 차원 이동을 마친 마법사에게 부작용이 일어나는 현상도 개선되었다.

성찬의 얼굴이 굳었다.

"그 말은……."

"앞으로는 거의 본래 전력을 갖춘, 그러니까 미쳐 버리거나 마력이 줄어들지도 않은 마법사들을 상대해야 한다는 뜻이지."

"헐……."

"벌써부터 쫄지 마. 그게 마력을 무지하게 잡아먹거든? 덕분에 중간의 공백이 길어져서, 숨 돌릴 여유는 생겼으니까."

"숨 돌린다기보다 사형선고를 기다리는 느낌일 거 같은데……."

아스트라가 눈을 흘겼다.

하지만 성찬은 농담이 아니라 진심이었다. 생각만 해도 막막했다.

돌이켜 보니 첫 번째 적은 이성을 잃은 상태였기에 비교적 쉽게 처리했다.

두 번째와 세 번째 역시, 그게 본래 실력의 반도 안 되는 거라고 들었다. 그럼에도 불구하고 고전하지 않은 적이 없었다.

한데, 이제 거의 완전한 정신과 컨디션을 유지한 적들이 찾아온다는 것이다. 그것도 성찬 자신을 노리는 적들이.

"그 사이에 수련에나 더 집중해. 나도 더 이상 마력을 공급해 주거나 조언만으로는 부족하다는 걸 깨닫고 나름 조치를 취한 거니까."

그 조치의 결과가, 지구에서 활동 가능한 '육체의 구성'이었다.

육체는 자유롭게 마법을 사용하기 위한 최소한의 조건이다. 마력을 담기 위한 그릇이 필요하기 때문이다.

봉제 고양이 인형으로는, 아무리 체내에 마력석을 채워두었다고 해도 아스트라의 마법 실력을 제대로 발휘하기에 턱

없이 부족했다.

이에 디아스티마의 것을 기본 골격으로 한, 지구 맞춤형 육체를 조성했다.

성찬은 좀 전에 본, 기적과도 같은 광경을 새삼 떠올렸다. 그게 바로 기본 마법 마스터, 아스트라의 진짜 실력인 것이다.

"어? 그럼 문신 마법의 저주는 풀린 거야?"

"그랬으면 그냥 내가 직접 싸우는 게 속 편하지. 지금까지처럼 어시스트 수준으로 할 거야. 물론 그전보다 훨씬 도움은 되겠지만."

아, 그렇구나.

문득 성찬은 미안함을 느꼈다.

본의 아니게 싸우게 된 자신도 힘들지만, 아스트라 역시 고통을 안은 채로 도와주고 있는 것이다. 고양이 인형 안에 들어 있어서 실감 못 할 때가 있었으나 그녀 또한 엄연한 사람이었다.

"그래. 그런데 솔직히 난 네가 돌아온 것만으로도 좋다."

그 말에, 아스트라가 묘한 눈빛으로 성찬을 바라보았다.

"머저리 너, 진짜 스타일이 변했구나? 느끼한 말도 할 줄 알고."

"하하. 진심이야. 그 사이에 나름 고생이 많았거든, 나도.

무슨 일이 있었는지 들으면 놀랄걸?"

성찬이 그간의 무용담을 늘어놓으려고 할 때였다.

아스트라가 손을 들어 그의 말을 막았다. 그녀의 표정이 심각해졌다.

"벌써? 이런……. 예정보다 빠르잖아. 무슨 방법을 쓴 거지?"

덩달아 긴장한 성찬이 물었다.

"뭐? 뭐야? 무슨 일인데?"

그녀가 나직한 목소리로 말했다.

"왔다. 새로운 방식의 차원 이동으로 온, 네 번째 인트루더가."

"헐, 버, 벌써?"

사실, 아스트라가 성찬에게 한 가지 말하지 않은 내용이 있었다. 그에게 필요 이상의 압박감을 주지 않기 위해서였다.

첫 번째부터 세 번째 인트루더까지. 이제껏 넘어온 마법사들은 '이름을 갖지 못한 자'에 불과했다. 랜덤으로 차원 이동진에 집어넣은 무수한 마법사들 중에서, 운 좋게 지구에 오는 데 성공한 자들이었다.

디아스티마에서는 일정 수준 이상의 마법사가 되면, 자신이 사용하는 마법에 따라 고유의 이름을 갖게 된다.

그녀가 '순백의 아스트라' 란 이름이 있고, 리온을 따르는 다섯 명의 대마도사가 '펜타마고스' 라는 호칭을 가졌듯이.

그들 각자가 특성에 맞춰 빙마녀(氷魔女) 카산드라, 염마왕 이그니스, 광마(光魔) 스벤, 투마인(鬪魔人) 센토우, 금공작(金公爵) 오릭토란 이름을 가졌듯이.

이름을 가졌다는 것은 그만한 자격과 실력을 갖췄다는 의미였다.

그리고 새로운 방식의 차원 이동 마법 덕분에, 그런 이름을 가진 자들이 선발되어 오게 된 것이다. 사실상 이제까지는 워밍업이나 마찬가지였던 셈이다.

아스트라는 디아스티마에 존재하는, 이름을 가진 자들을 대부분 꿰고 있었다. 또 그중 절반 이상은 특유의 마력을 감지하는 것만으로도 구분해 내는 게 가능했다.

거기에 따르면 네 번째 인트루더는 '울티오' 란 이름의 소유자였다.

상대의 정체를 인지한 아스트라가 가볍게 혀를 찼다.

"쯧. 골치 아픈 작자가 왔군."

"쎄, 쎈 놈이야?"

"여기 선발되어서 넘어왔다는 자체로, 디아스티마의 마법사 서열에서 백 위 내에 든다는 뜻이다."

"헐……."

성찬이 그새 바싹 말라버린 입술을 핥았다.

울티오.

디아스티마의 고대어로 '복수'라는 의미였다.

*   *   *

"히이이이익! 으키이이이익!"

고요하던 병원 복도를 기이한 괴성이 가득 채웠다.

복도를 지나던 간호사가 움찔하더니 지긋지긋하다는 표정으로 중얼거렸다.

"어휴. 또 시작이네."

저 소리를 계속 들으면 멀쩡하던 사람도 돌아버릴 거라고 그녀는 생각했다.

그녀가 일하는 곳은 종합병원의 정신병동이었다.

진료실과 처치실은 종합병원 건물 내에 있지만, 진단 확정을 받은 환자 중에서도 고위험군은 따로 만든 병동에 격리되어 생활했다. 일반 병동과의 사이를 방탄유리로 막아둔 병동이었다.

그렇다고 외부와 완벽하게 차단되진 않았다. 종합병원의 이미지도 있고, 요즘은 인권에 대한 부분이 아주 예민해서 환자를 함부로 다룰 수가 없었다. 원하면 정해진 시간에 언제든 면회도 가능했다.

방탄유리로 만든 문은 최소한의 안전장치였다.

소리는 그곳, 방탄유리 너머의 고위험군 병동 안쪽에서부터 울려 나오고 있었다.

간호사는 이미 괴성의 주인이 누군지 알고 있었다. 바로 며칠 전에 입원한 임학성이라는 환자였다.

처음에는 아직 어린 나이에 외모도 나쁘지 않은 소년이어서 동정심을 가졌는데, 저 괴성을 질러댈 때마다 몸서리가 쳐지도록 불쾌감이 치솟았다. 오늘따라 학성의 괴성은 유난히 크고 길었다.

그녀는 진지하게 고민했다.

'하필 오늘 당직을 걸려가지고. 제대로 자려면 진정제라도 놔야 하나?'

"끄─아아아아악!"

학성은 자신의 배를 내려다보면서 미친 듯이 소리를 질러댔다.

허옇게 서리가 낀 뱃가죽이 갈라져서, 그 안에서 얼어붙은 내장들이 꾸물꾸물 튀어나오고 있었다.

이는 그의 눈에만 보이는 환영이었다. 하지만 미치도록 차가우면서 동시에 타버릴 듯 뜨거운 고통은 실제로 그를 괴롭히고 있었다.

　문득, 학성은 자신을 이렇게 만든 인물이 누구인지를 떠올렸다.

　김성찬.

　김성진의 형이라는 자.

　기이한 힘을 써서, 자신을 병신으로 만들어 버린 좆같은 새끼였다.

　"으으으으."

　그의 입에서 처음으로 알아들을 수 있는 말이라 할 만한 것이 튀어나왔다. 이 말을 하는데 입가에서 침이 줄줄 흘렀다.

　"죽여… 버릴 거야."

　그를 죽여 없애야 했다. 그래야 이 고통이 사라질 것이다. 안 그러면 평생 정상적으로 살아가기는 불가능할 터였다.

　하지만 이는 학성의 바람일 뿐이었다.

　그는 재판 끝에 정신병동에서의 보호 감호 6개월 처분을 받았다.

　본래 각성제 취급 및 협박, 폭행, 공갈 등의 혐의로 소년원에 갈 뻔한 것을, 성찬에게 당한 후유증 탓에 정신착란 증세를 보이는 바람에 변경된 것이다.

　6개월 뒤에 병원에서 나간다고 해도 방법이 없었다. 학성이 생각하기에 놈은… 그자는 평범한 인간이 상대할 수 없는 악마였다.

그때, 문득 학성의 귓가에 낯선 목소리가 들려왔다.

〈힘을 원하나?〉

그는 괴성을 그치고 귀를 기울였다. 그의 눈이 불안하게 뒤룩거렸다.

이게 뭐지?

환청은 아닌 게 확실했다.

환청이라기에는 너무도 또렷하고, 말 자체에서 상대의 의지가 느껴졌다.

또 그가 듣는 환청은 대부분 김성찬의 목소리였는데, 이 목소리는 낯설었다.

목소리는 계속 말을 걸어왔다.

〈그놈을 증오하나? 죽이고 싶나?〉

순간, 성찬의 얼굴이 떠올랐다.

고통에 몸부림치는 자신을 내려다보며 웃던 모습.

학성은 자기도 모르게 힘껏 고개를 끄덕였다.

놈을 찢어 죽일 수 있다면, 그래서 자신을 파괴하고 있는 이 두려움과 증오를 지울 수 있다면 거래 상대가 악마든 귀신이든 상관없었다. 이대로라면 어차피 살아도 죽은 거나 마찬가지였다.

〈좋은… 증오심이다. 먹음직스럽구나. 그 대상이 나의 목
표라는 것 또한 더없이 마음에 들고.〉

학성은 말하는 자가 희미하게 웃고 있다고 생각했다. 다음
순간, 그는 전신에 전류가 관통하는 듯한 느낌을 받고 몸을
부르르 떨었다.

"으아아아아!"

〈복수의 마법. 너에게 이 힘을 주겠다. 이 울티오, 너의 육
체를 빌려서 복수를 대행해 주리라. 더불어 나의 사명도 이뤄
지리라.〉

학성은 스스로를 울티오라 칭하는 존재의 목소리를 들으
며, 침대 위에서 소금 뿌린 지렁이처럼 몸을 뒤틀었다.

몇 분이 지난 후였다.

진정제를 담은 주사기를 쟁반에 받쳐 들고 병실로 들어오
던 간호사가 깜짝 놀랐다.

학성이 경련하는 모습이, 그녀의 눈에는 마치 발작이 일어
난 것처럼 보인 것이다.

환자에게 불상사라도 생긴다면 모가지는 따 놓은 당상이
었다.

"임학성 씨! 왜 그래요? 정신 차려요."

콰득! 달려온 간호사의 목줄기를 학성이 한 손으로 붙잡

았다. 그의 손은 강철 갈고리처럼 강인하고 단단해져 있었
다.

"끄으윽."

뇌로 가는 피가 끊겼다. 간호사의 얼굴이 순식간에 새하얗
게 질렸다.

학성이 지닌 복수심은 그에게 힘과 마력으로 고스란히 돌
아왔다. 그리고 그의 복수심은 복수심에 절대량이 있다면, 그
양은 어마어마했다.

울티오는 복수심이 강할수록 더 큰 힘을 발휘하는 자였
다.

디아스티마에서는 타인의 복수를 대행해주며 힘을 키웠기
에, 복수자들의 대리인이라고도 불렀다. 그런 그도 이 정도로
순수한 복수심은 처음이었다.

"켁!"

콰득!

단말마와 함께, 간호사의 가느다란 목줄기가 이상한 방향
으로 꺾였다. 그녀의 입에서 한 줌의 핏물이 튀어나왔다.

그게 끝이었다. 그녀는 입을 약간 벌린 채, 더 이상 미동도
하지 않았다. 물론 숨도 쉬지 않았다. 체온이 빠르게 식어갔
다.

살아 있는 사람을 죽이는 일이 이토록 쉬울 줄은 학성도 미

처 몰랐다. 그것도 맨손으로 말이다.

학성은 그것으로도 성이 안 풀려서, 그녀의 사지를 모조리 몸뚱이에서 분리하기 시작했다.

뿌득. 찌이익.

살이 찢기고 뼈가 부러지는 소름끼치는 소리와 함께 병실 안이 피로 물들었다.

학성은 자신을 볼 때마다 간호사의 눈에 떠오른, 경멸과 동정이 뒤섞인 감정을 잘 알고 있었다.

문득 거기에 생각이 미친 그는 이미 빛을 잃은 눈알도 뽑아 버렸다.

〈그래. 광기……. 광기를 키워라. 살육해라. 광기와 살육은 복수심의 좋은 친구이지. 그걸 고스란히 가지고 그자에게 향해라.〉

울티오의 말에 학성이 눈을 번득였다. 그는 자신이 어디로 가야 할지 잘 알고 있었다.

'학교.'

그곳으로 가면 김성진과 김성주가 있고, 두 연놈을 해체해 주다 보면 알아서 김성찬이 나타날 것이다.

그러면 놈에게, 이 간호사처럼 분해된 동생들을 들이밀어 주리라.

그때 놈이 어떤 표정을 지을지 궁금하기 짝이 없었다.

그 전에, 우선 여흥이 필요했다.

여기 갇힌 동안 제대로 누리지 못했던 시간들을 보상해 줄 여흥이.

피투성이가 된 구속복 차림의 학성이, 정신병동의 안쪽으로 천천히 걸음을 옮겼다.

『시간의 주인』 3권에 계속…

이제부터 전자책은

이젠북

www.ezenbook.co.kr

새로운 세계가 열린다!

서현 『조동길』[N]   남운 『개방학사』[N]   백연 『생사결』[N]
목정균 『비뢰도』   좌백 『천마군림』   수담옥 『자객전서』
용대운 『천마부』   설봉 『도검무안』   임준욱 『붉은 해일』
진산 『하분, 용의 나라』   천중화 『그레이트 원』

이름만 들어도 황홀할 정도의 별들의 향연!

이들의 "유료연재"가 시작됩니다!

검색창에 **이젠북** 을 쳐보세요! ▼ 🔍

김현석 현대 판타지 소설
전능의 팔찌
THE OMNIPOTENT BRACELET
「신화창조」의 작가 김현석이 그려내는
새로운 판타지 세상이 현대에 도래한다!
삼류대학 수학과 출신, 김현수
낙하산을 타고 국내 굴지의 대기업 천지건설(주)에 입사하다!
상사의 등살에 못 견뎌 떠난 산행에서, 대마법사 멀린과의 인연이 이어지고......
어떻게 잡은 직장인데 그만둘 수 있으랴!!
전능의 팔찌가 현수를 승승장구의 길로 이끈다!
통쾌함과 즐거움을 버무린 색다른 재미!
지.구. 유.일.의 마법사 김현수의 성공신화 창조기!
Book Publishing CHUNGEORAM
유행이 아닌 자유추구 -
WWW.chungeoram.com

獨步行

독보행

임영기 新무협 판타지 소설

FANTASTIC ORIENTAL HEROES

그날, 심산유곡에서 수련하던
한 명의 소년이 강호로 내려왔다.

모든 이가 소년을 비웃고,
모든 무사가 그를 깔봤다.

소년은 흔들리지 않는다.
"이 천하를 독보(獨步)하리라!"

한번 시작한 걸음, 결코 멈추지 않으리라.
천하여! 무림이여!
대무영(大武英)이 간다!

Book Publishing CHUNGEORAM

까불지마!

까불지마!

FUSION FANTASTIC STORY

무람 장편 소설

『태클 걸지 마!』의 무람 작가가
풀어내는 신개념 현대판타지 소설!

24살의 대한민국 청년, 강태영
타고난 병으로 인해 온몸의 근육이 힘을 잃어가는 그가 부모마저 잃었다!

"제기랄! 이 빌어먹을 몸뚱이!"

좌절하여 모든 걸 포기하려던 바로 그날.

꽈르르릉! 번쩍!
강태영을 향해 떨어진 푸른 날벼락.
그리고 그가 눈을 떴을 때
그를 기다리고 있는 것은……

**날 비참하게 만들던 세상이여
더 이상 까불지 마라!**

Book Publishing CHUNGEORAM

유행이 아닌 자유추구 -
WWW.chungeoram.com

ALCHEMIST

FUSION FANTASTIC STORY 시이람 장편 소설

2013년, 또 하나의 현대물이 깨어난다.
현대에서 펼쳐지는 연금마법진의 진수!

인간 최초의 9서클을 이룩한 마법사 아스란.
죽음의 위기에서 그가 남긴 유지가
차원을 넘어 지구에 떨어진다.

일리미트 비블리어시카(Illimite bibliotheca)!

그 무한한 힘과 지식을 얻게 된 김창준.
3년 전으로 돌아간 날을 기점으로,
삶이, 인생이, 그의 희망이 바뀐다!

현대에 강림한 진정한 마법사의 전설!
끝도 없이 세상을 향해 날개를 펼치다!

Book Publishing CHUNGEORAM

유행이 아닌 자유추구 -
WWW.chungeoram.com